Appelez-moi Link. Ce n'est pas mon vrai nom mais c'est celui que je donne quand on me le demande, ce qui ne m'arrive pas souvent. Je suis invisible, voyez-vous ? Là, je suis assis sous un porche et je regarde les passants. Ils évitent de croiser mon regard. Ils ont peur que je leur prenne quelque chose et ils ont raison. Ils préfèrent ne pas savoir que j'existe. Moi et tous ceux de mon espèce. Nous sommes la preuve vivante que tout ne va pas si bien, et en plus... on fait désordre.

Restez dans les parages et je vous raconterai l'histoire de ma vie extraordinaire.

Rapport d'activité, jour 1

Refuge. Oui. C'est pas mal... Ça sonne bien, pas vrai ? Refuge comme un abri contre le tonnerre et la pluie. C'est ce qu'ils recherchent tous. Tous ces gens de la rue. Ils en rêvent. S'ils pouvaient trouver refuge quelque part, tout irait pour le mieux. Eh bien, mes petits veinards, réjouissez-vous. Car je viens vous chercher.

Ma vie extraordinaire.

Voilà.

Né le 20 mars 1977, à Bradford, dans le Yorkshire, chez M. et Mme X. Notre famille, voyez-vous, était heureuse, comme la plupart, jusqu'au jour où papa s'est taillé avec une standardiste. J'avais quatorze ans. Cette histoire a fichu en l'air mes études pour un bon moment mais ce n'est pas pour ça que je suis tombé si bas. Non, le vrai coupable c'est Vincent.

Ce bon vieux Vince, le copain de maman. Il faut le voir pour le croire. D'accord, maman n'a rien d'une star, mais Vincent... c'est le type, la cinquantaine, qui pense qu'il est super cool parce qu'il porte des fringues d'ado. Évidemment, personne n'y croit à cause de ses cheveux gris et de son gros bide. C'est pathétique. Et pour ne rien arranger, Vince force un peu sur la bibine. Même si papa était un salaud, au moins, il n'était pas alcoolo.

Vous devriez voir l'état de Vincent quand il rentre de boîte avec maman. Il rit bêtement, pour rien, d'un rire épais – et il reste planté là, serré contre maman, mâchant quelques paroles, me demandant soudain de l'appeler papa. Papa. Même si ce gros lard était le dernier être sur Terre, jamais je ne l'appellerais papa. Ce que je déteste le plus c'est sa façon de reluquer maman en insinuant des trucs sur la nuit qu'ils vont passer ensemble. De toutes mes années avec mon père je n'ai le souvenir d'aucune allusion au sexe. Ce porc de Vince ne cesse de peloter maman tout en me regardant du coin de l'œil pour voir quelle sera ma réaction. Ma mère, elle, pouffe de rire et le repousse en lui disant : « oh ! toi, tu es un vrai numéro. » Tout ça me fait gerber.

Elle a changé à cause de lui. C'est pour ça que je le déteste. Elle était de ces personnes tranquilles, heureuses dans leur train-train quotidien. Elle sortait rarement le soir – elle n'en avait jamais envie. J'imagine qu'elle était attachée à sa famille. Elle était toujours là quand on avait besoin d'elle et je crois bien qu'elle nous aimait. Je veux dire

Carole et moi. Oh ! je vois bien de quoi j'ai l'air, parlant de ma mère comme si elle n'avait pas le droit de vivre sa vie. Bien sûr qu'elle en a le droit, mais la question est là… pourquoi Vince ?

Au fait, Carole c'est ma sœur. Elle a quatre ans de plus que moi et elle m'a toujours gâté. Lorsque Vince est entré dans nos vies et que maman a commencé à changer, c'est elle qui m'a rendu la vie supportable. Un soir, alors que maman travaillait tard, il s'est passé quelque chose entre Carole et Vince. Je n'ai pas compris ce que c'était et elle ne m'en a jamais parlé. Maintenant, je crois comprendre. Bref, elle a dit quelque chose à maman et elles ont échangé des insultes. Pour finir, Carole a quitté la maison. Elle est partie s'installer avec son petit copain et m'a laissé seul. J'en ai bavé jusqu'à la fin de l'année scolaire.

J'avais réussi cinq de mes examens, ce qui était miraculeux quand on sait ce qui se passait chez moi, mais il en fallait plus pour trouver du travail. Inutile bien sûr de compter sur l'argent de l'État qui se fiche bien des échecs scolaires. On est censé suivre des stages de formation mais, comme il n'y a jamais assez de places, je n'ai rien obtenu. Je suis sûr que maman m'aurait aidé le temps que je trouve un travail, mais Vince n'a pas tardé à me reprocher de vivre à ses crochets. Je ne vivais pas à ses crochets – plutôt crever. Tout l'argent venait de maman mais ça ne l'empêchait pas d'insister et de devenir de plus en plus lourd. Un soir, alors que j'étais sorti pour retrouver des copains, il en a profité pour fermer la porte à double tour. Ce n'était pas sa maison mais il avait quand même fermé la porte et interdit à ma mère de m'ouvrir. Je suis allé chez Carole pour y passer la nuit et le lendemain, quand je suis rentré à la maison, Vince m'a roué de coups parce que ma mère s'était fait du souci pour moi.

Voilà comment il me traitait. Il devait faire peur à maman qui n'osait même plus prendre ma défense. Alors je suis parti. C'est ce que vous auriez fait à ma place. N'importe qui l'aurait fait. C'est comme ça qu'on devient un sans-abri. Et me voilà donc assis sous ce porche – qui, depuis, est devenu ma chambre – à espérer qu'une bonne âme me donnera un peu d'argent pour manger.

Pas mal, hein ?

Rapport d'activité, jour 2

Je commence à m'habituer à mon nouveau nom. Je l'essaye comme une paire de bottes neuves, pour m'y faire. Bonjour Refuge, me dis-je devant la glace. Je souris. Bonjour Refuge. Tu es un sacré diable mais il faut que tu t'occupes. Tu ferais mieux de te raser.

Je l'ai écrit aussi au dos de quelques vieilles enveloppes. Refuge, Refuge. Refuge. On dirait déjà une vraie signature. Je sais bien que tout ça n'a rien à voir avec le recrutement et peut-être pensez-vous que je me défile, remettant les choses sérieuses à plus tard. Pas vraiment. Je me fais juste un petit plaisir. Le temps ne manque pas, après tout. Les gens de la rue ne vont pas disparaître et puis un bon coup ça se prépare comme ne le disait pas ma grand-mère. Il vaut mieux laisser venir… pas vrai, petit salopard ?

Je ne suis pas allé à Londres tout de suite. Je suis sans abri et sans travail mais je ne suis tout de même pas idiot. Je m'étais renseigné sur Londres. Je savais bien que les rues n'étaient pas pavées d'or. Je savais que des centaines de personnes – plutôt des milliers – y dorment à la dure et mendient des pièces jaunes.

Mais, voyez-vous, tout le problème est là.

A Bradford on ne voyait que moi car nous étions peu à coucher dehors. A Londres, la police est habituée à voir des mômes allongés sous les porches et la plupart des policiers les laissent tranquilles. A Bradford, je devais sans cesse changer de place. Je dormais à peine et je n'avais presque pas d'argent. Les gens n'avaient pas l'habitude des mendiants. Ils étaient gênés. Ils faisaient de longs détours pour nous éviter et si par miracle l'un d'eux s'approchait suffisamment pour nous entendre, il sursautait puis accélérait le pas.

Je n'arrêtais pas de croiser des gens que je connaissais.

Des voisins. Des camarades de classe. J'ai même vu un de mes profs.

Si vous n'avez jamais été surpris en train de mendier par quelqu'un que vous connaissez, vous ne saurez jamais à quel point c'est humiliant.

A l'époque, je n'étais pas à la rue tous les soirs. Je me pointais, une ou deux fois par semaine, chez ma sœur pour prendre un bain, un bon repas et passer une bonne nuit de sommeil. Mais je devenais de plus en plus crasseux – ce qui est inévitable quand on dort tout habillé – et Chris, le copain de Carole, commençait à redouter mes visites. Il ne m'a jamais rien dit mais je le percevais dans son regard et au son de sa voix. Carole devait s'en prendre plein la figure chaque fois que j'allais chez eux. Acculé d'un côté comme de l'autre, j'ai décidé qu'il était temps de se bouger.

Ça sonne bien, hein ? Temps de se bouger. Ça me rappelle ces vieilles chansons qui racontent l'histoire d'un type qui passe sa vie sur les routes à courir de ville en ville. Il croise une fille qui tombe amoureuse de lui mais après un temps il entend à nouveau l'appel irrésistible de la route. Alors il se lève, fait valser son baluchon sur son épaule et prend le large, en laissant derrière lui un cœur brisé.

Romantique à crever, non ? Enfin bref. C'était triste voilà tout. Triste et effrayant. Vous quittez un endroit que vous connaissez bien et vous allez droit vers l'inconnu. Sans argent. Sans travail. Pas même l'adresse d'un parent qui pourrait vous accueillir.

Vous allez vous retrouver entouré de personnes endurcies, brutales, ou bien carrément allumées. Vous serez en permanence sur le qui-vive, jour et nuit. Surtout la nuit. Il y a des types tellement désespérés ou tarés qu'ils joueraient du couteau pour un sac de couchage et quelques pièces jaunes. D'autres tenteront de se glisser à vos côtés parce qu'ils vous trouvent mignon avec votre peau douce d'imberbe. Et, dans ces cas-là… il n'y a nulle part où aller parce que tout le monde s'en fiche. Tout le monde s'en tape. Vous n'êtes qu'un vagabond. Un de plus ou un de moins, personne ne verra la différence.

Rapport d'activité, jour 3

Ce soir, je suis sorti.

J'ai pris le métro jusqu'à Charing Cross et j'ai marché un peu dans le secteur. Appelez ça une petite ronde. Et je les ai trouvés là, comme prévu. Des centaines de parasites allongés n'importe où, un vrai foutoir. J'ai patrouillé le long du Strand et ils étaient tous là à camper sous les porches – même sous celui de la Banque Lloyd's ou du Palais de Justice. Un de ces petits gonflés – d'à peine dix-sept ans – m'a même demandé de l'argent. Vous n'auriez pas un peu de monnaie ? qu'il m'a dit. Je l'ai regardé de la tête aux pieds et je lui ai dit : « De la monnaie ? Je te rendrai la monnaie de ta pièce quand t'auras subi six semaines sous l'uniforme ! » Ça ne lui a fait aucun effet. Il a souri et m'a souhaité une bonne nuit. Un coup de pied au cul, voilà ce que je lui souhaite. Ça lui ferait du bien. Ça, ou bien six semaines à Strensall.

Le service national. Y a que ça de vrai. Ça te les faisait rentrer dans le rang – les mods, les rockers et les fils à maman. Et ça les transformait, je peux vous le jurer. En six semaines et pas plus. On ne les reconnaissait plus le jour de la parade. C'était fini pour les mods et les rockers. Des soldats, voilà ce que j'en faisais. Et il n'y avait pas d'exception. C'était ma mission dans la vie – faire des soldats de ces crasseux, de ces bambins boutonneux. En faire des hommes. Et j'y arrivais. Année après année.

Et voilà qu'on me remercie. Je veux dire qu'on m'a fichu dehors. Vingt-neuf années de bons et loyaux services pour être fichu dehors. Pour des raisons médicales, qu'ils disaient dans leur rapport. Relevé de mes fonctions pour raison de santé. Mais j'allais bien, moi. J'avais rien. J'ai quarante-sept ans et la santé d'un chien de boucher. Les raisons médicales étaient un prétexte, bien entendu. Ils m'ont mis à la porte parce que ma mission était à l'opposé de la leur. Ils font tous partie d'un complot, vous comprenez ? Un complot – ça fait longtemps qu'ils le préparent – pour miner le pays en l'infestant de clochards, de junkies et de saoulards. Des politicards de haut vol sont dans le coup, des fonctionnaires, des assistantes sociales et même l'Église. Ils veulent inonder le pays de pochards, de crimes (et j'en passe) pour en faire un grand trou crasseux comme ceux que j'arpente depuis des années.

Ils sont puissants et rien ne les arrête. Que vaut à leurs yeux la carrière d'un sergent-major? Rien, voilà tout. Rien. Mais ils ne m'arrêteront pas. Oh non. Ils ont aboli le service national et m'ont mis là où les déchets resteront toujours des déchets. Mais une poubelle... ça se nettoie, non? Ils ne pourront pas m'empêcher de le faire et je le ferai. Je vous fiche mon billet que je le ferai.

Bon, j'en étais où ? Ah oui. Temps de se bouger.

Après avoir quitté l'école, j'ai proposé mes services un peu partout. Dans les bureaux. Dans les supermarchés. Chez les traiteurs. Les stations-service – j'ai tout fait. La plupart des entreprises cherchaient quelqu'un d'expérimenté, certaines annonces recommandaient même aux chômeurs de s'abstenir, ce qui à mon avis est franchement inhumain. J'avais commencé à me présenter en août et j'avais décroché quelques entretiens mais, comme je vous l'ai dit, dormir tout habillé vous donne un air crasseux. A Noël, j'avais déjà l'air d'un clochard. Vu ma tête, je savais d'avance que personne ne voudrait de moi et ça me déprimait.

Les fêtes de Noël n'ont rien arrangé. J'ai fêté Noël chez Carole, ou plutôt chez Carole et Chris. Le pire Noël de ma vie.

Pour commencer, il y a eu mon cadeau. Carole et maman s'étaient cotisées pour m'offrir un sac de couchage. La vraie classe. Matelassé, imperméable... la totale. Il a dû leur coûter un paquet de fric et je sais au fond qu'elles voulaient me faire plaisir, mais ça m'a fait tout drôle. J'ai compris qu'elles me voyaient maintenant comme un clochard, alors autant me donner un coup de main. Ça m'a fait un mal de chien mais j'ai encaissé en silence. J'avoue que ce sac de couchage m'a rendu bien des services.

Et puis il y a eu le lendemain de Noël. Ce soir-là maman est venue avec Vince. Je pense que Carole a dû garder pour elle ce qui s'était passé entre elle et Vince sinon Chris ne l'aurait jamais laissé mettre les pieds chez lui. En tout cas, ils étaient là pour le dîner et sont restés jusqu'à une heure du matin et, bien sûr, tout le monde s'est saoulé. Tout le monde sauf moi. Une fois bien allumé, Vince a commencé à me lancer des piques. Il m'appelait le fantôme de Noël. Ne me demandez pas pourquoi. Il me disait que j'aurais dû avoir honte de venir me gaver chez ma sœur. Que j'étais assis là, avec mes cheveux longs et mes vêtements miteux, uniquement pour que ma mère se sente coupable, alors qu'elle n'avait rien à se reprocher. J'étais un voleur, un parasite qui ferait mieux de se trouver du boulot, plutôt que de gâcher le Noël de tout le monde en faisant la gueule. C'était pas la joie, loin de là. On ne peut pas dire qu'on aimait son prochain. Le pire c'est que personne n'a pris ma défense. Même pas ma sœur. C'est à ce moment-là que j'ai compris que, même chez Carole, je n'étais plus le bienvenu.

Le 28 décembre j'ai emprunté de quoi m'acheter un aller simple pour Londres. C'est Carole qui m'a prêté l'argent. Elle m'a même accompagné jusqu'au train et m'a embrassé avant que je disparaisse avec mon sac sur le dos – et mon sac de couchage, bien entendu. J'ai été embrassé une deuxième fois par un saoulard puant, à Lincoln's Inn Fields, et j'ai dû lui donner vingt pence pour qu'il me fiche la paix.

Rapport d'activité, jour 4

Il est 19 h et ma journée a été satisfaisante. Très satisfaisante.

La clef du succès, c'est d'être paré à toute éventualité. Oui, l'essentiel est d'avoir un plan. Et mon plan était au poil. J'ai acheté un chat. C'était la touche finale. J'exècre ces sales bêtes qui se lèchent le derrière et perdent leurs poils. Je reconnais néanmoins que tous les propriétaires de chat ont un je-ne-sais-quoi de rassurant. Un chat, c'est un signe de chaleur, de réconfort et de tranquillité. Un homme qui possède un chat ne peut faire de mal à personne, pas vrai ?

Je l'ai baptisé Sappho. Une idée de génie. Ce nom souligne que le propriétaire de la bête est un homme cultivé. Je ne sais même pas si cette sale bête est un mâle ou une femelle. D'ailleurs, je m'en fous. Ce qui compte, c'est que les gens, en voyant mon chat, se feront une bonne image de moi. L'image d'un homme bon et raffiné. On trouvera normal que je m'apitoie sur le sort des pauvres enfants des rues. On me considérera comme un bon bougre qui fait tout pour aider les plus démunis – comme offrir un lit ou un repas à l'une de ces âmes en peine. Voilà. Maintenant, c'est Refuge et Sappho. Ça ferait une bonne série télé ! Refuge et Sappho, les Invincibles.

Tout est prêt. Le recrutement peut commencer.

J'avais dit Londres ? Eh bien j'y suis, et je n'ai pas cessé de commettre des erreurs. J'étais pris dans une spirale infernale, sans aucun espoir de m'en sortir. Je sais que vous ne comprenez rien à tout ce charabia ; alors, écoutez.

Je suis arrivé au beau milieu de l'hiver. Ce n'était pas très malin. Bon, d'accord, les choses n'étaient pas roses à la maison et il fallait que je mette les voiles, mais quand même, si j'avais su ce que je sais maintenant, j'aurais pris mon mal en patience jusqu'en mars ou même avril. Passez donc la nuit dehors, en plein mois de janvier. Vous comprendrez ce que je veux dire.

Quand j'ai débarqué à King's Cross, j'avais cent cinquante livres sur moi. C'était toutes mes économies, plus les vingt livres que Carole m'avait données – sans le dire à Chris.

Cent cinquante livres. Ça paraît pas mal, non? En tout cas, c'était ce qu'il me semblait.

D'abord, il fallait que je trouve une piaule. Oh! rien de spécial. J'étais prêt à accepter n'importe quoi, du moment que je pouvais me poser et chercher tranquillement un endroit meilleur. Je n'avais vraiment aucune idée de ce que je faisais. J'étais un pur novice. J'avais tout faux, mais je n'en étais pas conscient.

J'ai quitté la gare à grands pas avec toutes mes affaires sur le dos.

C'était pour moi un nouveau départ. En deux mots, c'était Londres. Le centre du monde. La vie. C'est grand, ça grouille. Tout est possible. Ici, personne ne vous connaît. Ce que vous êtes ne regarde que vous. Toutes mes histoires avec Vince... envolées. Ma vie ressemble désormais à une page vierge. Ici on peut se fabriquer le passé qu'on veut et se choisir un nouveau nom.

Mes débuts ont été brillants. Enfin, d'après moi. En sortant de la gare, j'ai tourné à droite et me suis mis à marcher. Je ne savais naturellement pas où j'allais. La rue que j'arpentais s'appelait Pancras Road. Au bout d'un moment je me suis retrouvé devant une rangée de boutiques. L'une d'entre elles était une espèce de bureau de presse. Sa vitrine était recouverte de petites annonces en tous genres. Je me suis approché. Articles à vendre. Recherche baby-sitter. L'une disait « B&B, loyer à débattre ». Le mot débattre était mal écrit. On lisait « débbatre ». On aurait dit l'écriture d'un enfant de six ans. Peu importe. J'ai pris l'adresse. C'était à Wharfdale Road. Je suis entré dans la boutique pour qu'on m'indique la route à suivre et on m'a dit qu'il fallait que je revienne sur mes pas. L'endroit en question était vraiment louche. D'ailleurs, il n'y avait rien à «débbatre». Le proprio m'a dit que ça me coûterait cinquante livres par semaine. Il avait vraiment une face de rat.

– Il faudra me payer quinze jours d'avance. Tu peux considérer ça comme une fleur. Ailleurs, c'est un mois, qu'on paye.

– Je cherche du travail, lui ai-je répondu. Je n'ai pas beaucoup d'argent. Pouvons-nous débattre le prix ? (j'étais inconscient, je vous dis).

– Débattre ? (Sa voix crissait comme un pneu.) Va débattre ailleurs mon petit père. Ici c'est cinquante par semaine, à prendre ou à laisser.

J'ai accepté. C'était ma deuxième erreur.

A ce moment-là, n'allez pas croire que j'étais mécontent. A peine arrivé à Londres, j'avais déjà un toit.

Si j'avais été mieux informé, je serais allé dans une auberge de jeunesse. Là, au moins, on vous loge, on vous nourrit et, en plus, on vous donne des conseils. Moi, je ne savais rien de tout ça.

Je suis parti chercher du travail. J'ai vraiment cherché partout.

Le lendemain de mon arrivée, je suis allé dans une agence pour l'emploi. Là, une femme m'a demandé de me rendre au bureau des Carrières, parce que j'étais mineur. Elle m'a aussi indiqué que je devais aller aux Affaires sociales. Je me suis adressé au bureau des Carrières où j'ai rempli un formulaire. Ils voulaient savoir d'où je venais, ou j'habitais... J'ai dit que je venais du Nord. Je ne voulais pas être trop précis, des fois que Vince décide de venir me chercher. J'ai donné ma nouvelle adresse. Malheureusement, c'était comme à Bradford. Il n'y avait pas de travail. Pas même un stage. Je suis donc allé aux Affaires sociales. Là, j'ai rempli un autre formulaire. J'ai demandé des conseils, puis un type est venu pour me faire passer un entretien. Je lui ai dit qu'il ne me restait plus que cinquante livres, parce que je venais de payer deux semaines de loyer. Je lui ai dit que je cherchais du travail. Il m'a demandé plein de trucs sur les raisons de mon départ. Je lui ai tout déballé sur Vince, Chris et les autres. Il m'a dit qu'ils allaient étudier mon cas pour savoir si je pouvais bénéficier d'une aide. Il m'a prévenu que ça pouvait prendre plusieurs semaines. En entendant ça, j'ai commencé à flipper. J'avais une piaule pour deux semaines, grand max. J'étais peut-être naïf mais j'avais quand même compris que l'autre face de rat n'allait pas me faire crédit. Si je ne gagnais pas d'argent avant la fin des quinze jours, j'étais cuit.

Rapport d'activité, jour 5

Ça y est, le recrutement a commencé. C'est encore plus facile que ce que je pensais et, en plus, je n'ai pas eu besoin d'aller très loin. Mon appartement – le mien et celui de Sappho – est à Mornington Place et j'ai trouvé ma première recrue sous un porche près de Camden Station. A un mile à peine de chez moi. C'était quand même une sale nuit. Un temps froid, humide et venteux. Ce vent vous traversait le corps. Je portais une parka, un survêtement imperméable et de grosses bottes. Malgré cet attirail, j'étais frigorifié. Je me demandais comment ce gamin pouvait tenir dans son jean trempé. Il était 1 h 30, il devait traîner là depuis une heure ou deux, à geler... c'est pour ça que je l'ai piégé si facilement.

Voilà comment je m'y suis pris. Je me suis planté devant lui et je lui ai dit :

– Alors mon vieux, pas de chance ce soir ?

Je lui ai offert mon plus beau sourire – un vrai sourire d'ange gardien. Il aurait pu me soupçonner d'être un pédéraste. J'étais préparé à tout.

Apparemment, l'idée ne lui a même pas traversé l'esprit. Il avait trop froid pour réfléchir. Il a ouvert les yeux puis froncé les sourcils en marmonnant :

– Qui es-tu ?

Il était écossais.

– Moi ?

Je lui ai souri de nouveau.

– Mon nom, c'est Refuge. Je travaille au foyer de Plender street.

Le coup du foyer, ça l'a bien accroché.

– Foyer ? Quel genre de foyer ?

– Pour les jeunes, ai-je répondu. C'est le projet « Le Foyer de la Ville », tu as peut-être entendu parler de nous ?

Je n'attendais pas sa réponse puisque ce foyer était mon invention. Un joli mensonge que j'avais préparé.

Touché coulé. Le petit s'est fait avoir.

– Y aurait pas un lit pour moi ? a-t-il dit. Et aussi de quoi manger ?

J'ai secoué la tête, exactement comme je prévoyais de le faire lorsque je m'entraînais devant la glace.

– Désolé mon petit, pas ce soir. On est plein. Mais peut-être que ça ira pour demain si tu viens assez tôt.

– Ah, a-t-il murmuré en pensant aux longues heures d'attente.

Je l'ai laissé se faire à cette idée puis je lui ai dit :

– Tu sais, si tu ne veux pas vivre à la dure, il y a chez moi un canapé confortable.

Vivre à la dure. C'était bien vu de ma part.

– Sûr ? m'a-t-il demandé.

Je voyais soudain une lueur dans ses yeux et j'imaginais que son cerveau se mettait en marche. Il devait se dire que je travaillais dans un foyer avec des lits bien chauds et de la bouffe mais que l'endroit était plein. Il devait penser que s'il se pointait avec moi il aurait plus de chance de trouver une place.

– Sûr ? a-t-il répété.

Je lui ai souri de nouveau.

– Mais oui. Pas de problème. Allons-y, ce n'est pas loin.

Voilà. L'affaire était faite. Il m'a emboîté le pas, trottinant comme un petit chien. Il pleuvait des cordes, le temps qu'on arrive chez moi, il était trempé. Je lui ai présenté Sappho et lui ai indiqué ou se trouvait la salle de bains. Je lui ai dit de se déshabiller et lui ai jeté quelques vêtements que j'avais préparés pour l'occasion – gros pulls et pantalons en velours côtelé, le genre de fringues que portent les curés. Je suis entré dans la cuisine pour préparer une soupe de tomates et alors qu'il était assis avec ses sales pattes sur mon canapé, je suis passé derrière lui et je l'ai tué. Vous me trouvez cruel ? Mais non. Il n'a plus froid ni faim maintenant. Personne n'en voulait et il ne manque à personne. Ça en fait un de moins sur les trottoirs.

Moi je pense que tout le monde y gagne.

J'ai vu des films où des types prenaient la route et allaient de ville en ville, cherchant des petits boulots. Faire la plonge par-ci. Couper du bois par-là. Balayer. Il me semblait impossible de ne rien trouver à Londres, une ville si grande. C'est quand même un endroit bourré de restaurants, de cafés et de bars à sandwichs, sans compter les pubs. Durant les deux semaines passées à Wharfdale Road je me suis rendu à plus de deux cents adresses, toutes dans le quartier de King's Cross. Ça ne m'a mené nulle part. Vraiment nulle part. Avec le temps, j'ai décidé d'étendre mes recherches à d'autres quartiers. Vers le milieu de la deuxième semaine, j'avais déjà atteint le quartier nord de St John's Wood et celui de Lambeth, au sud de Londres. J'ai sillonné de bon matin les ruelles de Soho et les boulevards de South Kensington (je pensais que mes employeurs potentiels seraient impressionnés de voir que j'étais un lève-tôt plein de bonne volonté). Ça durait toute la journée, jusqu'à la tombée de la nuit.

J'ai proposé mes services dans des cafés pourris, dans des hôtels de riches et dans tout ce qui existe entre les deux. Jusqu'au jour où mes pieds m'ont fait tellement souffrir que je n'arrivais même plus à me sortir du lit.

Pour économiser, je faisais tous mes trajets à pied. Je me nourrissais essentiellement de pâtés au fromage et de thé. Après avoir payé mon propriétaire à face de rat, il ne me restait plus que neuf livres et un peu de monnaie.

On était vendredi soir. Il était huit heures. Je venais à peine de rentrer. La chambre était gelée et je me préparais à mettre le chauffage à fond avant de me jeter sur le lit quand soudain on a frappé à la porte. Je suis allé ouvrir et je l'ai trouvé devant moi. Il m'a dit deux mots :

– Bonsoir. Loyer.

Je l'ai regardé et je lui ai répondu :

– On est seulement vendredi, j'ai payé pour toute la semaine jusqu'à lundi.

Il a secoué la tête.

– Le vendredi c'est le jour du loyer, mon joli.

– Mais je suis arrivé un lundi, ai-je protesté. En

plus j'ai payé pour deux semaines, alors la chambre est à moi jusqu'à dimanche soir.

Il s'est avancé si vite vers moi que je n'ai même pas eu le temps de reculer. En moins d'une seconde il m'a attrapé par le col de ma chemise et nous nous sommes trouvés nez à nez. Les dents serrées, il m'a dit :

– Écoute mon joli, cette chambre est à moi. C'est moi qui fixe les règles ici et je te dis que tu me dois mon loyer. Si t'as l'argent tu payes, sinon je te donne cinq minutes pour prendre tes affaires et dégager.

Il m'a bousculé et m'a suivi dans la chambre en laissant la porte ouverte derrière lui. J'ai essayé de le calmer – je lui ai dit que j'attendais une réponse des Affaires sociales. Il a ri.

– C'est toi qui attends, pas moi !

Je lui ai fait remarquer que j'étais à la recherche d'un emploi, que je m'étais bien conduit et que ma chambre était toujours rangée. Je ne savais pas ce que je disais, j'étais vraiment désespéré.

Il m'a ordonné de faire mes valises et il est resté planté devant moi, les bras croisés.

Après avoir tout emballé, je me suis dirigé vers la porte et lui ai glissé au passage qu'un jour ou l'autre il me revaudrait ça. Son rire a résonné dans mes oreilles alors que je dévalais l'escalier.

Et c'est ainsi que je les ai rejoints – les gamins sans abri que je voyais partout. Les gamins à qui j'avais parfois donné des pièces. C'était l'époque où je pensais m'en sortir. A présent, j'étais comme eux, au sommet de la spirale qui allait me tirer vers le bas.

Rapport d'activité, jour 6

Il est temps de faire un petit laïus sur le meurtre. Oui, tuer des humains. Le meurtre, quoi. Tout simplement.

C'est ainsi qu'ils appelleraient ce que j'ai fait si jamais ils le découvraient – mais ils ne le découvriront jamais. Le meurtre : l'action délibérée de tuer un autre homme. Mais voyez-vous, j'ai été formé pour ça. Lorsque j'étais soldat, ma fonction était de tuer – il fallait que je dégomme tous ceux dont les agissements déplaisaient à mon cher gouvernement. C'est là que commence la confusion. Eh oui. Les frontières sont beaucoup moins nettes : un soldat qui tue un homme n'est pas un meurtrier qu'on jette en prison. Au contraire, on lui donne une médaille. Alors dites-moi pourquoi je devrais être considéré comme un meurtrier alors que je ne tue qu'une poignée de clochards drogués qui pourrissent le pays de l'intérieur ? Ça n'a aucun sens… Je ne suis pas un meurtrier – je suis simplement un soldat sans uniforme. Je tue pour mon pays. Le problème, c'est que mon pays n'est pas d'accord ! Comment s'en sortir quand se pose le problème majeur : QUE FAIRE DU CORPS DE LA VICTIME ?

Voyez-vous, les soldats – je parle des soldats sous les drapeaux – n'ont pas ce problème. Ils ne sont pas obligés de dissimuler les corps de leurs victimes. C'est même le contraire. Ils les alignent proprement, ils les comptent et prennent des photos. Un vrai tableau de chasse. La seule différence, c'est qu'ils ne les bouffent pas. Après ça, ils creusent un trou et les jettent dedans. Point final. Rien à dire. Tout le monde sait qu'ils sont là et tout le monde s'en fiche. Mais si, comme moi, vous ne portez pas l'uniforme, on vous traitera d'assassin. Il vous faut vous débarrasser du corps… c'est de loin le plus dur.

Tuer, c'est facile, mortellement facile. Surtout si vous avez suivi un entraînement. N'importe qui peut tuer mais la plupart des assassins se font pincer – à cause du cadavre qui finit toujours par remonter à la surface. Ça ne rate jamais.

Moi, personne ne m'aura. A la différence des autres, j'ai tout prévu.

J'habite au rez-de-chaussée ; il y a sous mon plancher un petit espace bien pratique et bien aéré. Appro-

chez votre main du parquet et vous sentirez ce bon vieux courant d'air. Il y fera toujours frais, même en été. C'est indispensable. Je ne vais pas rentrer dans les détails mais, en gros, il faut éviter que les cadavres vous trahissent, d'une manière ou d'une autre. Donc voilà. Je dispose de cet endroit que j'aime à considérer comme une sorte de frigo intégré. D'ailleurs, c'est là que j'ai rangé notre ami de la veille. Mais comme je vous l'ai dit, il n'a plus froid maintenant et il ne dérange plus personne. Tout est en ordre.

J'ai trouvé une entrée d'immeuble. Elle était si profonde que la lumière des lampadaires n'atteignait pas le fond. Je pouvais m'adosser contre la porte sans que personne ne puisse me voir.

Il était neuf heures du soir et il faisait froid. Je me suis assis sur mon sac de couchage, mon baluchon à mes pieds. Je contemplais le rectangle lumineux et coloré au bout de mon tunnel étroit. Les gens passaient, sans jamais regarder dans ma direction. Personne ne savait que j'étais là. Je pouvais voir, de l'autre côté de la rue, les rails du métro et un kiosque à journaux. Je voyais aussi un bout de King's Cross station. Je repensais tout d'un coup à mon rat de propriétaire qui n'était même pas fichu d'épeler le mot « débattre ». Je pensais qu'un jour je le coincerais dans une impasse pour lui faire passer un sale quart d'heure. J'étais en colère et un peu secoué, mais je n'étais pas spécialement malheureux. Pas encore. L'anonymat me rassurait. Ici, au moins, j'étais sûr de ne pas croiser des gens que je connaissais. Et puis je n'étais, finalement, qu'un parmi tant d'autres. Mon triste sort n'avait rien de surprenant. L'avantage, c'est qu'au moins la question du loyer était réglée. Je crois bien que je me sentais libre. Ça, bien sûr, c'était avant que les vrais ennuis ne commencent : crever la dalle, avoir froid, courir aux toilettes publiques et veiller sur ses affaires en même temps...

C'est justement en allant aux toilettes que j'ai perdu ma bonne place et quelques affaires. Comme je l'ai dit, j'avais repéré cette parfaite entrée d'immeuble vers neuf heures et pendant un moment tout s'est bien passé, je m'étais installé et je regardais passer les gens. C'était plutôt agréable d'ailleurs. Mais, vers onze heures, mes pieds et mes jambes étaient gelés. J'étais fatigué et il faisait si froid dans mon sac de couchage que je ne sentais plus mes fesses ; j'avais très envie d'aller faire pipi. Je pensais que ça ne poserait pas de problème. La station de métro était juste en face. J'étais sûr d'y trouver des toilettes. Je n'avais qu'à traverser la rue. Je me dégourdirais un peu les jambes et je pourrais me réchauffer en marchant. Bien sûr, il fallait que je remballe toutes mes affaires. C'était peut-être sans grand risque de les laisser dans ce trou noir, mais c'est un risque que je n'allais pas prendre car c'était tout ce qui me restait. Alors...

A onze heures moins le quart je me suis levé pour trimballer mes affaires jusqu'à la station. Les toilettes étaient au sous-sol, et comme il n'y avait pas de tourniquet j'ai foncé en passant devant quelques paumés qui dormaient sur des bancs. J'ai dévalé les escaliers et je commençais déjà à me sentir mieux, comptant sur le grand soulagement qui approchait. Au pied de l'escalier il y avait un tourniquet. Il fallait y mettre dix pence. J'ai posé mon baluchon et j'ai commencé à fouiller mes poches. Cinquante, deux fois vingt, un peu de ferraille... j'avais tout sauf dix pence. Il y avait une sorte de guichet, alors je me suis dit qu'il devait bien y avoir quelqu'un.

J'ai appelé : « S'il vous plaît ? » Mon envie devenait de plus en plus pressante. Personne ne répondait. J'ai jeté un œil à droite et à gauche et j'ai sauté par-dessus la barrière.

Quel soulagement ! J'y étais encore lorsqu'une des portes s'est ouverte et qu'un type tout rabougri a fait son apparition. Il devait avoir cinquante ans. Il avait un béret pourri sur la tête et un sale clope au bec.

– Eh là ! cria-t-il, t'as payé ?

– N-non, ai-je balbutié. (Entre-temps, j'avais aspergé mes baskets.) Je n'ai pas de...

– Je me fiche de ce que tu as ou de ce que tu n'as pas.

Il était vraiment enroué – je parie qu'il se fumait ses trois paquets par jour. J'ai pensé que je pouvais le faire tomber d'une main. Au début, je voulais lui demander de me faire de la monnaie sur vingt pence, mais sa tête m'a fait changer d'avis. J'ai décidé de sortir comme j'étais entré, histoire d'économiser dix pence. En remontant ma braguette je lui ai dit que j'avais pas une thune.

Il s'est posté devant le tourniquet et m'a dit que je ne partirais pas sans payer. Son clope s'agitait quand il parlait et, à chaque fois, il se couvrait de cendres. Je lui ai dit : « Tire-toi de là, le vieux. »

Il a secoué la tête. Encore un peu de cendres. J'ai marché droit sur lui en balançant mon baluchon. Il s'est précipité vers moi et a tenté un coup de poing si maladroit que je l'ai esquivé sans peine. J'ai sauté par-dessus le tourniquet et je me suis trouvé formidable. Un vrai gars de la rue. J'avais quand même intérêt à ne pas traîner dans la station. Je l'imaginais derrière son guichet en train d'appeler les flics. Je me suis pressé vers la sortie.

Dans mon petit logis, il y avait quelqu'un. Je ne m'en étais pas rendu compte tout de suite mais, en m'avançant, j'ai heurté la chaussure d'un colosse de six pieds, aussi large que la porte. Il m'a demandé :

– C'est quoi ton problème mon pote ?

– J-j'étais là avant…

Alors ça, c'était vraiment la connerie à ne pas dire. Il m'a donné un coup sur la poitrine et m'a dit :

– Dégage, petit gars, ou je te bute.

J'ai insisté :

– Mais je suis resté là pendant deux heures. J'étais juste parti pour…

– Dégage, maintenant !

Je savais que je n'avais plus qu'à me tirer. C'était pas le genre de mec qu'on pouvait pousser d'une main. Ce type était exactement ce que je croyais être, un gars de la rue, un vrai dur. J'ai tourné les talons, la gorge serrée. J'avais l'impression que, toute ma vie, on m'avait marché sur les pieds. « C'est pas juste », me suis-je dit en sanglotant.

Qu'est-ce que j'étais bête. « C'est pas juste »… Quel idiot ! Si j'étais parti tout de suite, il n'aurait pas repéré ma montre. Mais il l'a vue. Il m'a saisi le bras pour me l'arracher en me disant :

– Jolie montre, merci pour le cadeau !

– Non ! ai-je crié.

Cette montre était le seul souvenir que j'avais de maman avant que Vince ne gâche ma vie. J'ai essayé de me débattre mais il me serrait le bras de plus en plus fort.

– Cadeau, cadeau ou bien j'écrase ta face de morveux !

J'ai hésité à appeler au secours. Il y avait plein de monde dans la rue, mais je savais au fond de moi que ça ne servirait à rien. Qui viendrait risquer un coup de couteau pour venir à l'aide d'un clochard ? J'ai ôté ma montre et la lui ai donnée. Je luttais pour ne pas fondre en larmes. Il a ricané.

– C'est gentil petit gars, maintenant dégage.

J'ai dégagé.

Rapport d'activité, jour 7

C'est comme le parachute. Passé le premier saut, l'aventure devient une vraie routine. Il ne faut tout de même pas être trop sûr de soi. Toujours bien vérifier son équipement, respecter toutes les étapes, anticiper toutes les situations et... se méfier des pièges.

Tous les serial killers *tombent dans le même piège. Leurs crimes se ressemblent. C'est comme ça qu'on repère un assassin. Voilà aussi ce qui permet aux policiers de déterminer la psychologie du meurtrier. Par exemple, si toutes les victimes sont mexicaines, la police va rechercher un type qui déteste les Mexicains. Si toutes les victimes sont tuées dans le métro, les policiers vont rechercher un gars qui traîne souvent dans le métro. Et ainsi de suite. Il faut éviter de tomber dans ce piège.*

La répétition rend les choses trop faciles pour la police.

Il faut que j'y fasse très attention parce que tous mes clients sont des clochards et des vagabonds. Je vais forcément me répéter. Bien sûr, on ne retrouvera jamais les corps dans des stations de métro ou ailleurs. Je ne suis quand même pas cinglé.

Il faut que je sois vigilant, histoire de brouiller les pistes.

Mon coup d'hier soir était justement différent des coups précédents.

Tout d'abord, il s'agissait d'une fille. Je ne l'ai pas choisie par vengeance contre les femmes mais simplement parce que ma victime précédente était un jeune homme. Je ne suis pas allé la pêcher à Camden pour éviter la répétition.

J'avais décidé d'aller à Picadilly Circus et de traîner du côté de Soho. C'est là que je l'ai aperçue, sortant du Regent Palace Hotel. Elle était crasseuse, ça se voyait de l'autre bout de la rue ! Et la pauvre fille sortait de ce grand hôtel comme si c'était une vraie duchesse. Elle avait dû s'y glisser pour aller aux toilettes. Bref. Je l'ai laissée s'éloigner un peu puis je lui ai tapoté gentiment l'épaule.

– Pardon, mademoiselle…

Elle s'est retournée, surprise.

– Ou-oui, dit-elle.

– Service de sécurité du Regent Palace.

Je dois avouer que j'avais la gueule de l'emploi avec mon costard et mon imper.

– Vous étiez dans l'hôtel il y a un instant, n'est-ce pas ?

Elle avait les yeux d'un pauvre animal traqué.

– Oui, a-t-elle dit, je suis allée aux toilettes. Pourquoi ?

– Il y a eu une série de vols, mademoiselle. Je vais devoir vous demander de me suivre.

– Des vols ? a-t-elle répété, désespérée. Je ne sais pas de quoi vous parlez. Je vous l'ai dit, je suis allée aux toilettes, c'est tout. J'y suis restée une minute.

La pauvre biquette. Avec la tête qu'elle avait, elle ne serait pas passée inaperçue dans un hôtel pareil. Je savais bien qu'on ne lui aurait pas laissé le temps de commettre le moindre vol.

– Désolé. Vous allez devoir me suivre pour répondre à quelques questions. Ça ne sera pas long.

– Mon Dieu, a-t-elle dit en se mordant la lèvre. Écoutez, j'ai suffisamment d'ennuis comme ça. Je suis sans abri, je n'ai pas de boulot et pas un rond. Je n'ai rien sur moi. Vous n'avez qu'à me fouiller et me laisser partir.

Elle était au bord des larmes. Le moment était venu de lui faire mon numéro.

Je l'ai reluquée de haut en bas.

– Hmm... ça me dirait bien de te fouiller... sans abri, dis-tu ?

Elle a acquiescé de nouveau. Je voyais bien qu'elle se sentait tirée d'affaire.

– Sale nuit, pas vrai ? Ça te dirait de la passer au chaud dans un appartement ? (J'étais vraiment parfait.) Dans un lit bien douillet, ai-je ajouté.

– Que voulez-vous dire ?

Elle savait ce que je voulais dire.

– Vous voulez que je... ?

J'ai haussé les épaules.

– C'était juste une idée, petite fleur. Toi t'auras plus d'ennuis avec l'hôtel et moi je pourrais...

J'ai souri de nouveau.

Elle a hésité, mais pas trop longtemps. Elle savait bien que ses choix étaient limités. Elle pensait sans doute qu'elle allait être condamnée pour vol si elle jouait les saintes nitouches. Elle baissa les yeux et marmonna :

– D'accord.

La suite était simple. Un taxi pour rentrer chez moi. Sappho. Des vêtements secs. La soupe de tomates. Le grand départ. Ils sont si mignons tous les deux, allongés côte à côte, que je n'arrête pas de les contempler. Je dois être en train de mollir.

Je me suis traîné du côté de Pentonville Road en scrutant les porches et les entrées des bureaux. Mon poignet était comme nu sans ma montre et j'ai décidé d'ajouter l'autre plouc à ma liste noire. Maintenant ils étaient deux, le baraqué de six pieds et mon propriétaire à face de rat. A ce rythme, je risquais de devenir un véritable *serial killer*. Au bout d'un moment, j'ai fini par trouver une entrée inhabitée, bien profonde. Je suis resté là à réfléchir avant de me coucher par terre. Et si c'était la chambre d'un autre ? La chambre d'un grand gaillard ? Et s'il se pointait et trouvait que j'avais de belles affaires ? Il pourrait aussi me donner un coup de couteau et s'en emparer sans me demander mon avis. Il était quand même tard. Naturellement, je ne savais pas exactement quelle heure il était, mais je me disais qu'il n'y avait plus trop de risque qu'un type débarque. J'étais crevé. Il fallait que je me pose quelque part et où que j'aille, j'aurais les mêmes doutes. Je me suis installé. J'avais juste eu le temps de m'entortiller dans mon sac de couchage quand quelqu'un est arrivé.

J'entendais des pas. Je priais pour qu'ils s'éloignent mais ils continuaient de s'approcher. Quelqu'un s'est arrêté devant moi et j'ai senti un regard. J'ai ouvert les yeux et discerné une vague silhouette. J'ai braillé :

– C'est chez toi ici ?

Quelle question idiote. Il allait évidemment dire oui même si ce n'était pas vrai. J'aurais dû lui dire « dégage ! » Je me demandais s'il était grand.

– Non, a-t-il répondu, tu as raison mon pote.

Il avait l'air docile et aimable.

– Pousse-toi un peu que je puisse dérouler mon sac de couchage.

Je me suis poussé et il s'est installé à côté de moi. On était si près qu'on se touchait. C'était bien de ne plus être seul. Maintenant, si quelqu'un d'autre débarquait, ce serait différent. On était deux. J'avais besoin de dire quelque chose, alors je lui ai demandé :

– Ça fait longtemps que tu fais ça ?

– Six, sept mois, et toi ?

– Première nuit.

Il a ri en ajoutant :

– Je sais ce que c'est… et t'es d'où ?

– Du Nord.

– Et moi de Birmingham.

– J'avais deviné, lui ai-je dit, t'as un accent qui ne trompe pas.

Il a ri de nouveau.

– Mon nom, c'est Ginger, m'a-t-il dit, attendant visiblement une réponse.

Je ne voulais donner mon nom à personne. Je voulais repartir à zéro, pas vrai ? Un nouveau départ. D'ailleurs, lui non plus ne m'avait pas donné son vrai nom. Ginger, c'était un surnom.

– Link, ai-je répondu.

J'avais vu ça sur un panneau un peu plus tôt dans la journée. Thamelink, c'est une gare.

– Ah ouais ? a-t-il dit, me montrant bien qu'il n'en croyait rien mais qu'il s'en fichait.

– T'as pas un clope, Link ?

– Je fume pas.

Pour une fois, je regrettais de ne pas être fumeur.

Il s'est marré.

– T'inquiète pas, va. Tu vas finir par fumer.

– Comment ça ?

– T'as déjà crevé la dalle ? Je veux dire vraiment ?

– Non.

– Non. Bon, quand ça t'arrivera, tu verras que la fumée te fera du bien. On souffre moins.

– T'as faim, Ginger ?

– Un peu. T'as de quoi bouffer ?

– J'ai un Snicker dans mon sac, tu le veux ?

– Et toi, tu le veux pas ?

– Non. J'ai pas faim.

C'était pas vrai mais j'avais envie de croire que j'avais trouvé un ami. J'ai ouvert mon sac et en fouillant j'ai fini par trouver la barre de chocolat.

– Tiens.

– Merci mon pote, t'es sûr que t'en veux pas ?

– Sûr.

– Moitié-moitié ?

– Non vas-y, mange-le.

J'ai refermé mon sac et me suis allongé les yeux fermés pour l'écouter manger. Il devait avoir très faim. Ça s'entendait.

A la dernière bouchée, il m'a dit :

– Ça va mieux, bonne nuit, Link.

– Bonne nuit, Ginger.

Voilà comment j'ai fait la connaissance de Ginger.

Je devais être bien endormi lorsque j'ai senti quelqu'un qui me donnait de petits coups dans le dos en disant : « Allez, le soleil se lève, allez, on y va ! » J'ai ouvert les yeux et les ai refermés aussitôt à cause de la torche braquée sur moi. Au début j'ai pensé que c'était Ginger qui avait changé d'avis et qui voulait que je dégage de sa chambre. Mais j'ai compris bien assez vite que c'était la police qui attendait que je débarrasse le plancher. Je me suis assis ; je sentais le froid gagner mon corps à mesure que je me séparais de mon sac de couchage.

Il y avait deux officiers. Un homme et une femme. Après nous avoir réveillés, ils se sont tenus à l'écart et nous ont regardés plier bagage. « Et n'oubliez pas ça », a dit l'homme en pointant sa lampe torche vers l'emballage froissé de mon Snicker. Ginger l'a ramassé et l'a fourré dans sa poche. Je pensais qu'ils allaient nous arrêter, mais il a suffi qu'on soit debout sur nos pattes pour qu'ils s'en aillent jouer avec leur torche un peu plus loin.

– Quelle heure est-il ? ai-je demandé.

Nous étions debout, sonnés par le froid et la fatigue, sous la lumière orange d'un lampadaire. Ginger a secoué la tête :

– Je ne sais pas. Six heures, par là.

– Pourquoi ils ont fait ça ? Je veux dire, nous réveiller ?

– Pourquoi ? a-t-il dit en grimaçant. Parce que c'est l'entrée d'un proprio, d'un commerçant ou de je ne sais pas qui, qui ne serait pas content de nous trouver là dans quelques heures. Tu ne crois pas ?

Je ne savais pas quoi répondre.

– Et maintenant ?

Il m'a regardé.

– T'as de l'argent ?

J'ai acquiescé.

– Neuf livres et de la ferraille.

– Un café et un petit morceau, ça te dirait ?

– Pas qu'un peu. (J'étais affamé.) Et toi ?

Il a souri.

– T'as pas besoin de me nourrir simplement parce qu'on a dormi au même endroit. Quand on vit comme nous, faut d'abord penser à soi. Et ne dis pas au premier venu que tu as neuf livres sur toi, sinon tu ne les garderas pas longtemps.

Nous sommes allés dans un kebab qu'il connaissait, ouvert toute la nuit. Il faisait chaud sous cette lumière aveuglante et l'odeur y était si bonne que j'ai failli tomber raide. L'horloge au mur indiquait six heures vingt. Il n'y avait que nous.

On a bâfré des *doner* en avalant du café. On a parlé et Ginger m'a demandé ce que je comptais faire. Je lui ai dit que je cherchais du travail en attendant que les Affaires sociales prennent leur décision à mon sujet. Quand je lui ai dit ce que je leur avais raconté, il a secoué la tête.

– Tu perds ton temps, mon pote. Ils diront que c'est de ton plein gré que tu es devenu un sans-abri, en quittant la maison de ta mère.

– Tu veux dire que je ne vais rien en tirer – rien ?

– Pas même une saucisse, mon pote. Tu peux me croire. J'ai vu ça plein de fois.

– Mais si je ne trouve pas de boulot... Si ça prend du temps... comment je vais vivre, moi ?

Il a ri.

– Comme tu pourras, mon vieux Link. Tu vois, tout le monde s'en fout. Tout le monde s'en balance. Il faut que ça te rentre dans le crâne. Pourquoi tu crois qu'un tas de mômes font la manche ? Tu crois qu'ils aiment ça ?

J'ai fait non de la tête.

– Et toi, tu fais la manche ?

– Ouais. Toute la journée, tous les jours. Ça m'arrive parfois de ne pas avoir assez pour un sandwich. Alors...

– La plupart des gens refusent de donner de l'argent ?

– Olé ! (Il a souri de nouveau.) Tu sais ce que c'est un suncrédule ?

– Non.

– Un suncrédule c'est quelqu'un qui croit ce que dit le *Sun* – le *Sun* et une poignée d'autres journaux stupides. Tu sais ce que dit le *Sun* ?

J'ai secoué la tête.

– Eh bien, je vais te le dire, moi. Le *Sun* raconte que les gamins comme nous passent leurs journées à prendre le fric des gens de la rue et qu'après, ils rentrent chez leur mère avec quarante ou cinquante livres, qu'ils claquent en drogue et en bibine.

– Ils ne croient pas ça !

– Si, mon pote. Tous les suncrédules croient ces conneries. C'est pour ça qu'ils refusent de nous donner du fric.

– Mais c'est des mensonges, me suis-je indigné. Il faudrait une loi contre ça.

– Vrai. (Il a ri.) Il n'y aura jamais de loi contre ça. Ça, c'est ce qu'ils appellent la liberté de la presse.

Je l'ai regardé.

– Alors... quand je n'aurai plus un rond, il ne me restera plus qu'à faire la manche ?

– A ta place, j'attendrais pas trop longtemps. Comme je te disais, tu risques de te faire plumer, alors tu ferais mieux de t'y mettre maintenant.

On est restés là, au chaud, jusqu'à l'arrivée des premiers clients. Le proprio a commencé à nous regarder d'un œil torve.

– On se casse, a dit Ginger. Faut pas qu'on se grille ici sinon il nous laissera plus revenir. (Il s'est levé en prenant son sac.) Il y a des toilettes pas mal par ici. Viens, je vais te montrer.

On a quitté le restaurant de kebab au lever du jour. J'ai traîné avec Ginger au moment où les gens commençaient à affluer. J'espérais qu'il voudrait bien rester avec moi toute la journée. J'avais l'impression que j'avais beaucoup à apprendre de lui si je voulais vivre dans cette jungle de glace.

Il était vraiment tôt. Le vent était sec et me transperçait le corps. Je pensais que Ginger était à la recherche d'un bon point de chute – un endroit de passage, à l'abri du vent – mais on a marché. On marchait vers le sud et je me disais que c'était dommage que l'Angleterre soit une île. On aurait pu marcher jusqu'en Espagne ou en Afrique du Nord – là-bas il ferait chaud, il y aurait du soleil. Au bout d'un moment, je lui ai demandé où on allait.

– Peu importe, m'a-t-il répondu. Avec un temps pareil, faut rester en mouvement.

Il faisait jour maintenant et les rues étaient noires de monde. Je commençais à me rendre compte des détours que certaines personnes faisaient pour nous éviter.

De temps à autre, Ginger aussi faisait un détour pour demander une pièce à un gars qui passait par là. « N'auriez pas une petite pièce ? » La plupart du temps personne ne s'arrêtait.

Pour m'occuper, j'ai commencé à faire la liste des réactions des gens que nous abordions. Certains continuaient de marcher, le visage impassible, comme si Ginger n'existait pas. D'autres faisaient mine d'être en colère et se mordaient la lèvre comme si on les avait insultés. Il y avait aussi ceux qui secouaient la tête, ceux qui tapotaient leurs poches pour bien montrer qu'elles étaient vides, et ceux qui marmonnaient une phrase inaudible. On ne pouvait pas savoir s'ils s'excusaient ou s'ils nous disaient de dégager. A un moment, Ginger a branché un type raide comme un piquet, du genre bidasse. Le type s'est arrêté et l'a regardé de haut en bas en vociférant : « De la monnaie ? Je te rendrai la monnaie de ta pièce quand t'auras subi six semaines sous l'uniforme ! » Il y avait beaucoup de suncrédules dans le coin.

De temps à autre, quelqu'un nous donnait un peu de ferraille. Les donneurs étaient de deux sortes. Les dédaigneux et ceux qui s'excusaient en permanence. Les premiers vous fourguaient des pièces en vous regardant à peine. Les autres avaient l'air embarrassé, s'excusaient de ne pas avoir plus d'argent et se mettaient à vous expliquer qu'ils venaient d'en donner à un vieux type assis à l'entrée d'un immeuble et que... Ils finissaient par fourrer du fric dans la main de Ginger, sans regarder combien, et partaient précipitamment en souriant et en s'excusant de nouveau. Un de ces types, en me voyant, s'est senti coupable de ne m'avoir rien donné, à moi.

Ce matin-là, on a marché pendant des kilomètres. On s'est traînés jusqu'à Tottenham Court Road, puis Shafetsbury Avenue. On a traversé Picadilly Circus, on s'est dirigés vers Picadilly, et au bout de quelques mètres, Ginger a pilé net devant une grille très haute.

– On y est, mon pote.

– On dirait une église...

Il a ri tout bas.

– Ben oui. C'est St James. On va pouvoir se reposer et s'abriter du vent.

– Ils vont nous laisser entrer ?

– Ben ouais. Tu peux piquer du nez sur une chaise tant que c'est la journée. Le soir, ça ferme.

On est entrés. L'intérieur était superbe. Blanc et or, reluisant de propreté avec de jolies fleurs dans des vases et des boiseries bien vernies. La seule personne qui était là était un vieil alcoolo, assis sur une chaise dans le fond et parlant tout seul dans sa barbe. Il nous a même pas vus entrer. On s'est faufilés entre les rangs vers des chaises sur lesquelles on a posé nos affaires. Quel soulagement de pouvoir s'asseoir à l'abri du froid. J'étais surpris qu'on nous laisse entrer comme ça. Je pensais que ma présence dans l'église était déplacée et je me disais qu'il faudrait peut-être que je me mette à prier.

Ginger a grimacé puis s'est mis à compter ses pièces.

– Une livre et soixante quatorze pence, m'a-t-il annoncé. Et un peso. On va pouvoir se payer des pâtés au fromage, mon bon vieux Link. Ils en font d'excellents ici.

– Ici ?

Je n'en croyais pas un mot.

– Mais oui, ici. Il y a un caf' par là, sur le côté.

– Tu déconnes !

– Mais non ! Va voir, si tu ne me crois pas.

– C'est toi l'expert. Je te crois. Mais c'est ton argent, moi je n'ai rien fait pour le mériter.

Il m'a regardé et m'a demandé qui avait payé pour le petit déjeuner.

– C'est moi, mais...

– Pas de mais. Moi je paye, et toi tu vas chercher la bouffe. Il a souri. T'as l'air plus respectable que moi. Ils vont te prendre pour un touriste.

Il y avait bien un café qui faisait en effet d'excellents pâtés au fromage. On a mangé dans l'église. Ça faisait mauvais genre de manger dans une église mais je me disais, pour avoir bonne conscience, que Jésus avait bien mangé chez les autres et que ça ne devrait pas le déranger qu'on vienne manger chez Lui.

J'étais heureux, je crois. A cet instant précis, j'avais un ami, le ventre plein et un toit au-dessus de ma tête. Que demander de plus ?

Rapport d'activité, jour 8

Ça s'est produit de nouveau. J'étais en train d'inspecter le quartier des théâtres quand soudain deux morveux se sont approchés de moi. Le plus sale m'a demandé une pièce. Je lui ai fait ma réponse habituelle. En m'éloignant je les ai entendus rire très distinctement. J'espère pour eux qu'ils garderont leur bonne humeur, parce qu'ils vont en avoir besoin dans pas longtemps. Je n'oublie jamais un visage, et je pense que notre prochaine rencontre sera plus amusante pour moi que pour eux. Très amusante.

Comptez sur moi.

On est restés à St James jusqu'à deux heures. Il ne faisait pas très chaud mais au moins il n'y avait pas de vent. Puis Ginger a dit :

– Je vais aller voir du côté de Trafalgar. Tu viens ?

J'ai répondu :

– Du moment que ça ne te dérange pas. Il faudrait que je puisse gagner un peu d'argent, et je me sentirais mieux si t'étais pas trop loin.

Il était d'accord.

– Ça roule, mon vieux. Voilà ce qu'on va faire. Toi, tu vas te poster à l'entrée de la National Gallery. C'est pas encore la saison des touristes, mais il y a pas mal de monde. Du haut des marches tu pourras me voir sur la place.

On a rebroussé chemin le long de Picadilly, passé le Haymarket puis on a longé Pall Mall. La National Gallery n'était pas très fréquentée mais il y avait quand même un flux continu de personnes qui allaient et venaient. Certaines s'asseyaient sur les marches malgré le froid. Ginger m'a laissé là. Je l'ai regardé se fondre dans la foule, puis me suis mis au boulot.

C'était dur. Très dur. J'étais raide comme un piquet, j'essayais de repérer un gars sympa. Dieu seul sait ce que je cherchais vraiment – un visage souriant, je suppose, quelqu'un qui ne m'enverrait pas balader ou qui ne me mettrait pas son poing dans la figure. Ça ne servait à rien, bien sûr, car il est impossible de se fier aux apparences. On ne peut jamais connaître à l'avance la réaction de quelqu'un. Ça, je ne l'ai appris qu'après.

Finalement, j'ai pris mon courage à deux mains et j'ai demandé à un type au hasard. Il a gueulé et s'est dirigé vers les marches qu'il a montées quatre à quatre.

J'ai mis cinq minutes à m'en remettre. Il m'avait jeté. Je me demandais comment quelqu'un pouvait être à la fois sensible aux beaux-arts et si insensible aux êtres qui l'entourent. Se sentir blessé, dans ces cas-là, peut être fatal. J'ai alors décidé de demander de l'argent à n'importe qui, homme ou femme, sans rien attendre de particulier. Leur cœur de pierre avait rongé tout ce qu'il me restait de sensibilité. Moi aussi, je suis devenu indifférent. Depuis, ça va beaucoup mieux. J'ai bossé jusqu'à la fermeture de la National Gallery, parfois debout, parfois assis sur les marches. Je ne sentais plus mes pieds, et, malgré le froid, je m'y suis collé jusqu'au bout. A la tombée du jour, lorsque les derniers visiteurs eurent quitté le musée, je me suis mis à compter mes sous. J'avais juste un peu moins de quatre livres. D'un pas lourd, je me suis dirigé vers la place et j'ai trouvé Ginger allongé sur un banc.

– Ça a marché ?

J'ai haussé les épaules.

– Trois livres et quatre-vingt-un pence. Et toi ?

– Deux livres quarante-quatre et je suis gelé jusqu'à l'os. Viens, on va manger.

On s'est payé des tranches de pizza et du Coca. Sans le dire à Ginger, j'ai acheté un paquet de cigarettes et un briquet de rien du tout. Quand je les lui ai offerts, il m'a dit :

– T'es vraiment toqué, toi. Tu fumes même pas.

J'étais content qu'il soit là, mais je ne lui ai pas dit.

Dans la soirée, le vent s'est levé et la pluie s'est mise à tomber. En fait, elle ne tombait pas vraiment. Elle se laissait porter par le vent en rafales presque horizontales et venait fouetter mon front et mes joues. J'espérais qu'on pourrait retourner à

St James mais Ginger me dit que ce serait fermé. On a fini par atterrir dans l'entrée d'une boutique qui s'appelait China-craft, sur le Strand. On s'est tous les deux blottis dans nos sacs de couchage pour attendre la fermeture du Vaudeville Theatre. « Par là, a dit Ginger en claquant des dents, il y a de vraies petites alcôves. Bien profondes. Mais pour les avoir, il faut s'y prendre à l'avance. »

Il s'est allumé une cigarette et me l'a tendue après avoir tiré une longue taf. J'ai hésité, alors il a ri en crachant la fumée.

– Vas-y, t'as que ça à faire. De toute façon, t'atteindras pas la soixantaine à ce rythme-là.

J'ai cru étouffer. Il s'est marré comme une baleine.

– Tu vois ce que je veux dire, t'es déjà sur le point de crever !

Si vous pensez que pour dormir dehors il suffit de trouver un endroit bien sec à l'abri des flics, vous vous mettez le doigt dans l'œil.

C'est pas de votre faute. Tant qu'on ne l'a pas vécu, on ne peut vraiment pas savoir à quoi ça ressemble. Pour vous faire comprendre ce que c'est vraiment, dormir dehors, il faut que je vous décrive le déroulement d'une nuit complète. Celle-ci, dans l'alcôve du Vaudeville Theatre, n'est pas un bon exemple, car ce soir-là, nous étions deux. C'est beaucoup plus dur quand on est seul.

D'abord, on choisit son point de chute. En général, (sauf si vous avez la chance d'atterrir dans un squat ou une maison abandonnée) le sol est cimenté, recouvert de briques ou de dalles. En d'autres termes, il est dur et froid. On est toujours un peu à l'étroit. Surtout dans les entrées de boutiques. N'oubliez pas qu'en hiver on est à moitié gelé avant même de s'être assoupi. En tout cas, pour commencer, on se contente de l'endroit qu'on a trouvé et on déroule son sac de couchage pour s'y glisser.

Paré pour la nuit ? Peut-être et peut-être pas. Souvenez-vous de ma première nuit. Le grand baraqué qui m'a jeté dehors et m'a volé ma montre. Ce genre de truc peut se produire à tout moment, et il y a même pire. Un vieil alcoolo, ou même un chien, peut vous pisser dessus. Ça arrive tout le temps : la chambre de quelqu'un devient l'urinoir d'un autre. Il arrive aussi qu'une bande de minets pleins de bière vous agresse. Quand ils s'emportent, ces gars-là peuvent vous tuer. Il y a aussi les types qui cherchent de jolis garçons qui seraient prêts à coucher avec eux pour de l'argent. Enfin, il y a des mabouls qui vous planteraient un couteau dans le bide pour vous prendre votre sac de couchage.

Voilà pourquoi on s'allonge en tendant l'oreille. Il faut faire attention à tout, au moindre pas, au moindre souffle. Ce n'est pas vraiment de tout repos.

Et puis, il y a les bleus. Quels bleus ? me direz-vous. Essayez de vous allonger par terre ne serait-ce qu'une demi-heure. Une demi-heure, pas plus. Choisissez la position que vous voulez. Vous verrez... ce n'est pas très confortable. Vous ne dormirez pas à moins d'être saoul, ou bourré de somnifères. Et vous vous réveillerez avec des bleus partout, sur les épaules, les coudes, les chevilles et les genoux – surtout si vous n'avez pas une bonne alimentation et que vous n'êtes pas bien gros. Faites ça six nuits de suite et vous aurez l'impression d'être tombé du sixième étage. Essayez ensuite de vous coucher sur du béton.

N'oubliez pas le froid. Essayez de vous endormir avec les pieds gelés, vous verrez bien que c'est impossible, même dans un lit. A moins de vous réchauffer les pieds, vous n'arriverez jamais à dormir. Et au mois de janvier, dans les entrées d'immeubles, dans des vêtements trempés, votre corps devra lutter pour survivre. Quand vous réussirez à vous dominer, et à vous réchauffer un peu, arrivera le moment où vous devrez aller faire pipi : vous sortirez de votre sac de couchage et là, il faudra tout recommencer.

Pour l'instant, je ne vous ai décrit qu'une partie

du problème. Je ne vous ai pas parlé des crampes d'estomac quand on a faim, des migraines quand on a la crève, des rages de dents, des puces ou des poux. Je n'ai rien dit du mal du pays, de la déprime ou du désespoir. Je n'ai pas décrit ce qu'on ressent quand on a envie de sortir avec une fille en sachant que c'est impossible. Enfin, je ne vous ai rien dit du sentiment d'être exclu, de cette vie en marge de tout. Maintenant je suis exclu, je ne suis personne. Je n'ai plus droit à la vie ordinaire, la vie de tous les jours.

Alors voilà. Vous êtes couché, le corps couvert de bleus, l'oreille tendue. Vous essayez de vous réchauffer les pieds. Vous vous roulez en boule sur le côté mais vous avez mal partout, alors vous vous allongez sur le dos. Vos pieds sont glacés et le béton vous achève les talons. Vous vous forcez à tenir le coup en pensant que vous finirez par vous endormir, mais ça ne marche pas. Votre sac à dos, qui vous sert d'oreiller, est dur comme de la pierre et des stalactites pendent à votre nez. Vous vous demandez quelle heure il peut bien être. Vous vous demandez si vous pouvez cesser votre garde ou s'il faut encore être vigilant. Vous entendez sonner les cloches au loin. Une heure du matin ? Vous vous dites que ce n'est pas possible. Vous avez l'impression d'avoir déjà passé des heures, allongé là. Est-il possible que vous ayez mal compté les coups ?

Que se passe-t-il ? On dirait une respiration. Une respiration lourde, celle d'un maniaque. Restez tranquille. Silence. Il ne vous verra peut-être pas. Écoutez bien. Est-il encore là ? Ne faites aucun bruit. Est-il en train de ramper vers vous ? Non. Détendez-vous. Dieu, qu'on a froid aux pieds !

Une pensée furtive – ma chambre. Mon petit lit. Je donnerais n'importe quoi pour... non, il ne faut pas. Je ne dois pas même y penser. Ça ne m'aidera pas à dormir. Peut-être bien que quelqu'un y dort à cet instant même.

Bien au sec. Bien au chaud. En sécurité. Petit veinard.

La bouffe. Ah ! mon Dieu, surtout ne pas y penser ! (Le bon vieux *fish and chips* de chez Whitby – de longues tranches de haddock et une montagne de chips si énorme qu'il m'arrivait d'en laisser.) Si je pouvais les avoir maintenant, ces chips...

Ma mère. Je me demande bien ce qu'elle peut faire. Est-ce qu'elle se demande où je suis ? Que ferait-elle si elle savait ? Tu me manques maman. Est-ce que je te manque ? Est-ce que je manque à quelqu'un ?

Tiens, les cloches à nouveau. Un quart d'heure de passé. Une heure et quart ? Je n'arrive pas à le croire.

Les Affaires sociales. Est-ce qu'on s'occupe de mon cas ? (pas maintenant en tout cas – à cette heure-ci c'est coucouche panier papattes en rond). Savent-ils seulement ce que c'est que dormir dans l'entrée d'un immeuble ? Pas vraiment.

C'est comme ça tout le temps, heure après heure. Parfois, on s'assoupit un peu. Juste un peu. Il fait si froid, on a si peur, on a si mal, qu'on prie pour que le jour se lève, même si l'on est mort de fatigue – même si l'on sait que la journée qui commence sera aussi déprimante que celle de la veille.

Le pire, c'est le sentiment de ne pas vraiment avoir mérité ça.

Le lendemain, je suis allé à pied au bureau des Affaires sociales. Ginger avait raison. J'ai été reçu par un type qui m'a dit que j'étais seul responsable de ce qui m'arrivait et que je ne pouvais donc prétendre à aucune aide. Je n'avais pas l'intention de vider mon sac mais je n'ai pas pu me retenir. J'étais sale, j'avais froid, j'avais faim et mes pieds me tuaient de douleur. J'étais si fatigué que je n'arrivais pas à aligner trois mots. J'en avais marre, alors j'ai tout dit. Vince et maman. Vince et Carole. Vince et moi. Je pensais qu'il comprendrait qu'il n'était pas possible que je retourne vivre avec eux. Pendant que je lui parlais, il restait de marbre, j'aurais pu tout aussi bien m'adresser à un mur. Il me regardait à travers le verre bleu de ses lunettes, assis sur sa chaise, attendant que j'en aie fini. A la fin, le visage impassible, il m'a répété que j'étais seul responsable.

J'avais donné rendez-vous à Ginger à côté de l'obélisque. Je n'avais pas le courage de me taper la route à pied. J'ai attrapé un métro à Euston et je suis descendu à l'Embankment. Comme j'étais en avance et qu'il n'était pas là, j'ai mendié durant deux heures minables sur les quais. Histoire d'être encore plus trempé, et d'avoir encore plus froid – c'est tout. Au bout d'un moment, j'ai laissé tomber. Je suis allé m'asseoir sous un pont, en plein courant d'air glacial.

Ginger m'avait donné deux clopes, alors je suis allé taper du feu à quelqu'un et les ai fumés tous les deux, allumant le second à la braise du premier. Je crevais la dalle et le clope me donnait la nausée mais ça m'a fait du bien, au moins je ne sentais plus la faim. Après, j'ai compté mes ronds et me suis aperçu que je n'avais plus que quatre livres – quatre livres et seize pence pour être précis. Je mourais d'envie de manger quelque chose et j'avais besoin d'aller aux toilettes. Je me suis levé pour chercher un kiosque à hot-dogs, ou un truc dans ce genre. J'ai trouvé des toilettes publiques, et je me suis senti mieux après m'être lavé les mains et le visage. Je n'avais toujours rien trouvé à manger.

Je suis retourné à l'obélisque et cette fois Ginger était là, assis sur son sac à dos. Un sac poubelle couvrait sa tête et ses épaules.

– Joli déguisement, lui ai-je lancé.

– Charmant, n'est-ce pas ?

Il s'est levé et m'a donné une tape.

– Je l'ai acheté à Burlington Arcade pour quatre cents livres. Comment ça s'est passé ?

Je lui ai raconté et en m'écoutant il a haussé les épaules.

– Je vois, a-t-il dit, il faudra laisser ton Buckingham Palace et trouver un logement plus modeste, un carton par exemple.

Il avait aussi très faim, alors on a quitté les quais pour se diriger vers le nord et trouver une pizza. La nuit tombait déjà.

On a mangé sous un porche et il m'a dit :

– Ça te dirait mon vieux Link de dormir pour de vrai ce soir ? Avec un toit au-dessus de ta tête et tout le tralala ?

Je l'ai regardé.

– C'est quoi ton plan ? C'est l'Armée du Salut ?

– Mais non, a-t-il répondu en secouant la tête. C'est pas bon ça. C'est plein de tarés. J'y ai déjà passé une nuit et j'ai bien eu les jetons. Non, je pensais au capitaine Crochet.

– Qui ça ?

– Le capitaine Crochet.

– Bon, OK, tu m'as eu, qui c'est ce capitaine Crochet ?

Il a secoué la tête en ricanant.

– C'est pas une blague mon pote, il existe vraiment. Va nous acheter un café et je te raconterai tout.

Rapport d'activité, jour 9

Le chiffre trois est très symbolique. On le voit apparaître partout. 1, 2, 3 soleil. Les trois mousquetaires. Je te l'ai dit par trois fois. La sainte Trinité. Un hôtel trois étoiles. Les trois petits cochons. Oui, c'est un chiffre symbolique.

Moi, j'ai désormais trois recrues. Quand je n'avais qu'un cadavre, je n'étais qu'un assassin. Maintenant que j'en ai trois, je suis un vrai tueur – ce que les Ricains appellent un serial killer. *Si jamais je me faisais choper, ce qui n'arrivera jamais, on pourrait faire un film sur moi.*

Naturellement, j'ai aligné mes cadavres comme le font les militaires : le plus grand à gauche et le plus petit à droite. Ils ont une bonne tête depuis que je leur ai coupé les cheveux. Il va falloir que je leur trouve des chaussures propres. Pour le moment, ils portent leurs vêtements crades et leurs chaussures défoncées.

La nuit dernière j'ai pris beaucoup de plaisir à recruter ma troisième victime. Vous comprendrez très vite pourquoi, mais laissez-moi tout reprendre depuis le début.

Il était à peu près 20 h et je venais à peine de commencer ma ronde de nuit. C'était une soirée épouvantable – vent et pluie à gogo. Le temps idéal pour quelqu'un comme moi. J'ai arpenté Gloucester Avenue pour arriver au canal Grand Union. Je m'apprêtais à pousser du côté de Camden Lock dans l'espoir d'y trouver quelque chose d'intéressant quand, tout d'un coup, j'ai repéré un type. Il avait l'air pathétique, tout maigre, avec ses cheveux longs et gras qui lui arrivaient aux fesses. Il tenait à la main des morceaux de carton qu'il essayait d'aligner en bas de l'escalier. L'endroit qu'il avait choisi était sec et j'étais sûr qu'il comptait y passer la nuit. Je me suis approché de lui avec ma tête de bon Samaritain plein de sollicitude.

– Vous n'envisagez quand même pas de passer la nuit dans un endroit pareil ? lui ai-je demandé.

Il avait l'air soupçonneux. J'ai bien vu qu'il n'était pas né de la dernière pluie.

– T'as une meilleure idée ? a-t-il rétorqué.

J'ai haussé les épaules, en ayant l'air de m'excuser de l'avoir dérangé.

– Sans rancune. Je pensais juste qu'il faisait très froid et que vous auriez pu tenter votre chance au foyer de Plender Street.

– Il n'y a pas de foyer dans Plender Street, et de toute façon tous les foyers sont pleins à cette heure-ci.

Il m'a regardé de travers et m'a demandé :

– C'est quoi ton plan, grand-père ? Qu'est-ce que tu me veux ?

– Pas de plan, mon petit, lui ai-je dit en souriant gentiment. Il y a en effet un foyer dans Plender Street. Il est tout neuf. C'est pour ça que peu de gens le connaissent et que tu pourras peut-être y trouver une place.

– Qu'est-ce que t'en sais, toi ?

J'ai menti :

– Je suis le gardien, je m'occupe du foyer.

– Alors pourquoi t'y es pas ? a-t-il insisté.

Oh ! il était du genre coriace celui-là. Il fallait que je sois malin pour le berner.

– Il faut que j'aille chez moi, lui ai-je répondu. Il faut que je nourrisse Sappho. C'est qu'on n'habite pas au foyer, nous deux.

– Sappho ?

– Mon chat.

Il a reniflé.

– Ce satané chat doit dormir mieux que moi. Je suis sûr que sa bouffe est meilleure que la mienne.

Il me scrutait.

– Alors tu t'occupes de ce foyer ?

– Exact.

– Et il y a de la place ?

– Oui, quand je suis parti, il restait de la place.

– Je parie que c'est chéro.

Il m'a regardé du coin de l'œil et m'a demandé :

– C'est combien ?

J'ai secoué la tête.

– Mais non, c'est pas cher. C'est même gratuit. Et on sert un petit déjeuner.

– Alors si je viens…

J'ai ricané.

– Si vous y allez seul, vous pourrez peut-être y trouver une place. Si vous y allez avec moi, c'est sûr qu'on vous logera.

– Où t'habites toi ?

– Pas loin, à Mornington Place. Vous connaissez ?

– Je connais que ça, petit père. T'as intérêt à être correct avec moi sinon je t'arrache la gueule.

Il a laissé tomber ses bouts de carton, a mis son sac sur son dos et m'a suivi tout en me parlant.

– D'où venez-vous ? lui ai-je demandé.

J'en avais rien à foutre d'où il venait, je savais très bien où il allait.

– Leicester.

– Leicester ? Pas de boulot là-bas, hein ?

– J'ai passé six mois à écrire des lettres, à passer des entretiens… rien à faire.

– Alors vous vous êtes dit que vous auriez peut-être une chance à Londres.

– Pas tout de suite. J'ai d'abord essayé l'armée.

Alors là ! Pour être surpris, j'étais surpris.

– L'armée ? ai-je répété. Et que s'est-il passé ?

Il a haussé les épaules.

– Je pouvais pas les supporter. C'était plein de gros porcs qui me lâchaient pas de la journée. Toujours à donner des ordres. Oh ! et puis la bouffe... Finalement, je me suis tiré.

– Hmm... l'armée c'est pas bon pour tout le monde, ça c'est sûr. Je parie que c'est plein de fachos.

Je n'en pensais pas un mot, bien sûr, mais j'ai fait comme si de rien n'était. J'étais parfait. Oui mon petit gars, t'as raison, c'est plein de gros porcs !

– Je ne suis pas au courant pour les fachos, a-t-il dit. Je ne fais pas dans la politique mais franchement, il faut vraiment être au bout du rouleau pour vouloir de cette mafia. (Il a craché par terre.) Je suis mieux dans la rue, moi.

« Bien, bien, me disais-je. Tu ne le sais pas mais tu vas t'engager de nouveau dans l'armée. Pas dans la même, bien sûr, dans une armée plus petite qui n'accepte pas n'importe qui. Et là, pas question de se tirer. »

En le regardant, je me suis dit que ça n'allait pas être facile. Finalement, tout s'est très bien passé. Il s'est écrasé sur le sol de ma cuisine, le nez dans la pâtée de Sappho. J'ai été bien entraîné. Je sais exactement où frapper.

Vous voulez que je vous dise un truc ? Les cheveux courts, bien dégagés autour des oreilles, ça lui va pas mal à ce bambin. Sa mère serait fière de lui.

Je suis donc allé chercher un café pour Ginger à la pizzeria, et on l'a bu pendant qu'il me racontait l'histoire du capitaine Crochet.

– Voilà que ce type, Probyn est son vrai nom, s'est acheté il y a quelques années six vieux canots pour une bouchée de pain. Il avait l'intention de les retaper et de les louer pour des balades sur le canal. Quand il s'est aperçu du coût de l'opération, il a décidé de tout laisser tomber. Il avait une meilleure idée. Avec tous ces gamins qui dormaient dans les rues, il s'est dit : Bingo, je vais faire des foyers flottants. Une planque à l'abri du vent, de la pluie et des emmerdements des flics – trois livres la nuit. Il a arraché toutes les séparations pour gagner de la place et s'est dit qu'il pourrait caser soixante gamins par canot. Six canots, soit trois cent soixante gamins à trois livres la nuit. Ça fait donc mille huit livres par nuit. Bien sûr, c'est pas vraiment comme ça que ça marche.

Il n'est jamais plein, même en hiver, parce que c'est pas évident de se faire trois livres par jour et puis, en plus, il y a des gamins qui ne supportent pas d'être enfermés. Quoi qu'il en soit, son affaire a l'air de bien tourner.

Ginger a marqué une pause pour avaler une gorgée de café.

– Mais il ne respecte pas les lois, n'est-ce pas ? Les mesures de sécurité, d'hygiène, tout ça ? Comment fait-il ? C'est légal ?

Je le martelais de questions. Ginger a levé les yeux au ciel.

– Incendie, santé, hygiène... il est loin du compte mais tout le monde s'en fout. Tu vois, du moment qu'il nettoie les rues là où passent les touristes, les autorités ferment les yeux.

C'était donc pour ça.

– Ils sont où ces canots ? ai-je demandé.

– A Camden Lock. Alors, ça te dit de passer une nuit à l'abri ?

J'ai haussé les épaules.

– C'est pas mal, mais il ne me reste plus beaucoup de ronds. Si je dépense ces trois livres j'aurai vraiment plus rien.

– T'inquiète pas, a-t-il dit en souriant. J'ai croisé un type aujourd'hui qui me devait dix livres. Il ne les avait pas mais il m'en a quand même donné sept. Alors, heureux ?

– Il a un boulot, ton copain ?

– Ouais, plus ou moins. Il vend des journaux. Il les vend à cinquante pence et touche trente pence sur chaque vente. Sacré veinard.

Il m'a regardé et m'a demandé :

– Alors, on y va ?

J'ai dit d'accord, et nous sommes partis dans le vent, la tête baissée, le sac poubelle de Ginger nous protégeant tous les deux. Nous étions comme deux pauvres types en route pour nulle part.

Avez-vous déjà vu ce dessin très connu qui représente une galère avec des esclaves entassés comme des sardines dans chaque centimètre carré habitable ? C'est dans ce genre de villégiature que Ginger et moi avons atterri.

On s'est dirigés vers le petit chemin qui longe le canal et on est allés trouver Probyn avec nos six livres. Il s'était installé un bureau dans une cabine de plastique jaune. Il ne ressemblait pas du tout au capitaine Crochet. Assis sur une chaise pliante en toile, il portait un cache-nez, un blouson ciré, un béret et des mitaines. Sa peau était lisse et rose, ses yeux étaient clairs – je lui donnais trente-cinq ans. Quand il souriait, et c'est ce qu'il a fait quand on lui a donné notre argent, on voyait ses petites dents blanches et bien rangées. Il a fourré nos billets dans un portefeuille bourré à craquer. Je me suis demandé pourquoi personne n'avait pensé à le braquer. Lorsque j'ai entendu le grognement du Rottweiler couché à ses pieds, j'ai compris. Probyn m'a montré ses dents de nouveau.

– N'y pense même pas, petit, a-t-il ronronné.

Il devait être médium ! Il nous a indiqué le canot le plus proche, attaché de bout en bout à des bittes d'amarrage.

– Celui-ci. Faites attention à la passerelle.

Je vous l'ai dit, c'était une vraie galère. Ce que je ne vous ai pas précisé, c'est que ça puait, aussi, comme dans une galère d'esclaves. Il suffisait de passer la porte étroite pour que la puanteur vous prenne à la gorge – une odeur infecte de corps mal lavés et de pets, encore suspendus dans cet air fétide. On a descendu trois marches avant de trébucher sur des dormeurs. Ginger et moi cherchions un coin pour nous installer, à la lumière d'une lampe à gaz qui pendait au plafond. On a fini par trouver un petit espace libre et on a posé nos affaires. Ceux que nous avions bousculés ou piétinés nous insultaient encore.

Je pensais quand même qu'il faisait bon là-dedans. Ici, au moins, il n'était pas nécessaire de tendre l'oreille toute la nuit dans la crainte d'une agression.

Le canot tanguait doucement. Si on faisait abstraction de l'odeur, c'était pas mal, finalement. C'est incroyable comme des planches de bois peuvent paraître souples comparées au béton. Je me suis endormi presque instantanément ; j'ai rêvé que j'étais à bord de mon yacht et que je traversais une mer transparente sous un ciel sans nuages. Vince allait et venait pour me servir des boissons fraîches tandis que mon proprio à face de rat me faisait de l'air avec un éventail en plumes de paon. C'était fabuleux. Le réveil, lui, fut plus rude.

Ça ne vous a jamais frappé de voir à quel point les gens claquent leur fric pour des conneries ? Je ne l'avais pas remarqué moi-même jusqu'au lendemain de notre nuit sur le canot, quand Ginger et moi sommes allés au marché. Le marché de Camden Lock est très connu, paraît-il, mais moi, je n'en avais jamais entendu parler. Il est juste à côté du canal – un endroit gigantesque rempli de boutiques et d'étals couverts de gadgets très chics. Des chapeaux. Des bijoux. Des T-Shirts. Des miroirs. Des bougies. Des cierges. Ce que vous cherchez est forcément là. Il y a aussi plein de trucs ethniques, du genre indien et tout. Comme ils brûlent des bâtons d'encens, l'odeur se répand partout. Le marché n'est ouvert que le week-end et il attire des milliers de personnes.

Ginger et moi on marchait et puis il m'a dit :

– Ils sont pas à court de blé par ici. Mon vieux Link, ils jettent l'argent par les fenêtres. Ça me fend le cœur. Tiens, regarde ça par exemple.

J'ai regardé et j'ai vu que son doigt était pointé vers des bougies multicolores immondes, qui coûtaient quatre livres et vingt pence chacune.

– Quatre livres et vingt pence, a soupiré Ginger. Ils nous refusent dix pence pour un thé et vont dépenser quatre livres et vingt pence pour ça. De quoi pleurer.

J'ai eu un rire gêné.

– Pourquoi on est venu ici si ça te rend si triste ?

Il m'a fait un clin d'œil :

– Les commodités, mon cher Link. Les commodités ! Allez viens.

Je l'ai suivi. On a descendu quelques marches, puis on a pris une allée pour enfin arriver à des toilettes impeccables. On s'est lavés de la tête aux pieds. Ginger a même lavé un slip qu'il a sorti de son sac. Les gens entraient et sortaient sans cesse mais personne ne faisait attention à nous. Je crois bien avoir utilisé seize serviettes en papier. Je me sentais bien mieux.

On sirotait un thé bouillant dans un des cafés du marché quand trois gamins sont entrés. Ginger les connaissait et les a appelés pour qu'ils nous rejoignent.

Il y avait deux mecs et une fille, chacun d'eux avec un sac à dos et la mine grise de ceux qui dorment à la belle étoile. Ginger ne m'a pas présenté et eux, ils m'ont complètement ignoré. Ils ont tapé la converse en se réchauffant les mains sur leurs *mugs* de thé bouillant. « Où t'étais passé ? Comment ça va ? Est-ce que t'as vu machin ? » Je restais là, les yeux rivés sur mon thé, je me sentais... jaloux ?

Peut-être bien. J'avais un peu peur. Je me disais que ces gens étaient les amis de Ginger. Ils avaient l'air d'avoir partagé beaucoup de choses. Ils avaient des amis communs. Il se pouvait très bien que Ginger s'en aille avec eux et me laisse tomber. Et si je me trouvais seul de nouveau ? En savais-je assez pour m'en sortir ?

Ils se sont mis à parler de quelqu'un.

– Z'auriez pas vu Doggy Bag dans les parages ? a demandé Ginger.

La fille a dit que non et ajouté :

– Il a disparu de la circulation du jour au lendemain.

– Il a peut-être trouvé du travail, a dit l'un des deux mecs.

– Peut-être qu'il s'est tiré, a ajouté l'autre.

Voilà, la discussion sur Doggy Bag était close. Moi, je me demandais comment un type pouvait hériter du nom de Doggy Bag. Finalement, ils se sont levés pour partir en prenant leurs sacs à dos. On a fait de même. Aucun de nous ne voulait vraiment partir; il faisait bon dans le café, mais le barman commençait à nous regarder d'un sale œil. Comme on n'avait plus un rond pour se payer du thé, on a décidé de dégager avant qu'il ne nous foute dehors. A l'extérieur, les autres ont dit au revoir à Ginger et l'un d'eux m'a fait un signe de la tête, puis ils ont disparu dans la foule. Ginger était toujours là. Soulagé, j'ai souri.

– Le type dont tu parlais, pourquoi l'appelez-vous Doggy Bag ?

Ginger s'est mis à rire.

– Il se postait le long des cafés et lorsque quelqu'un quittait sa table, il se précipitait pour ramasser ses restes avant que la serveuse ne vienne débarrasser. Comme il ne voulait pas mendier, c'était sa manière de survivre. C'est pour ça qu'on l'a baptisé Doggy Bag.

On a quitté le marché et on s'est traînés jusqu'aux quais. Je repensais à Doggy Bag. J'évitais de croiser le regard de Ginger parce que j'étais au bord des larmes. Je sais bien que c'est niais, en plus je ne le connaissais même pas, ce type. Je ne l'avais jamais rencontré, mais voilà ce que je pensais. Je pensais que, quelques années plus tôt, il y avait eu un petit bébé qui recevait beaucoup d'amour de son papa et de sa maman. Ils venaient de lui donner un prénom, et se demandaient ce qu'il allait devenir quand il serait grand. Jamais ils n'auraient cru qu'on l'appellerait Doggy Bag, qu'il se nourrirait de restes, et qu'il serait si insignifiant que même sa disparition n'intéresserait personne.

Rapport d'activité, jour 10

Sachez que je suis de ceux qui croient que la montagne est apparue au prophète Mahomet.

Souvenez-vous des deux mômes dont je vous ai parlé – ceux qui m'ont ri au nez au marché. Eh bien, je les ai repérés à Camden Lock alors qu'ils discutaient avec d'autres clochards dans leur genre. Je n'oublie jamais un visage. J'espère deux choses. Premièrement, qu'ils ont décidé de traîner dans le coin, et deuxièmement, qu'ils se sépareront de temps à autre. Je sais que je fais du bon boulot mais quand même... m'en faire deux d'un coup, ce serait un peu risqué.

Vous voyez, il faut bien connaître ses ennemis avant de passer à l'action. Moi, je les connais bien. Je les ai observés. Beaucoup de ces clochards vont par paires ou par bandes de trois. Il leur arrive de se séparer de temps à autre, quand l'un deux doit aller se pointer aux Affaires sociales, par exemple. La nuit, ils se regrou-

pent pour se tenir chaud ou pour se protéger, va savoir. Et là, faudrait être taré pour s'approcher d'eux. Moi, j'ai les idées claires. Non, non. Moi, c'est des solitaires qu'il me faut. Voilà. Je vais les garder à l'œil, ces deux petits rigolos, et dès qu'ils se sépareront… rira bien qui rira le dernier.

Les derniers jours de janvier ont été un véritable calvaire. J'ai failli retourner chez Vince. Sans rire. Il neigeait tous les jours et les trottoirs étaient couverts de neige fondue. Il n'y a rien de pire que la neige fondue dans les chaussures. On zonait le plus possible, Ginger et moi, dans les stations de métro ou sous les porches. Il n'y avait pourtant rien à faire, nous étions toujours trempés et frigorifiés. Nuit après nuit, le gel transformait la neige en une épaisse couche de glace aux reflets métalliques. Le gel gagnait rapidement nos sacs de couchage humides et nous rendait la vie impossible. Si vous pensez que les gens s'apitoyaient sur notre sort ou qu'ils étaient plus généreux lorsqu'ils nous voyaient trembler de froid, vous vous trompez. C'est tout le contraire. Les gens passaient, l'air grave, et leurs mains ne quittaient jamais leurs poches, sauf ceux qui portaient des gants. Aucun d'eux ne s'arrêtait, de peur sans doute de geler sur place, comme les explorateurs au pôle Sud.

On avait de plus en plus faim. Vraiment faim. Le froid vous pénètre jusqu'à la moelle, quand vous avez le ventre vide. Il n'y a rien à faire. On a tout essayé – souffler dans nos mains, courir sur place, se coller l'un contre l'autre dans le métro. Ça ne servait à rien. La seule chose à faire était de bouger sans arrêt, pendant la nuit, pendant le jour. On a fini par ne plus faire la différence entre nuit et jour, prenant le matin pour l'après-midi, et vice versa. Une fois, Ginger a emprunté le feutre noir d'un type qui tenait un kiosque à journaux et on s'est fait des pancartes qui disaient : SANS-ABRI NON-ALCOOLIQUES, AIDEZ-NOUS S'IL VOUS PLAÎT. Il m'a dit qu'il fallait écrire « non-alcooliques » parce que les passants donnent rarement de l'argent aux alcoolos. On s'était assis dans le métro, en couvrant nos jambes de nos sacs de couchage. On avait posé nos pancartes sur les dalles boueuses, mais ça ne servait vraiment à rien. On aurait pu écrire : SALES GOSSES, BONS A RIEN, FILEZ-NOUS VOTRE BLÉ, ça n'aurait fait aucune différence.

On a passé des heures à faire la queue devant des dizaines de foyers mais tous étaient complets.

Je commençais à avoir des hallucinations. Je rêvais que j'étais couché dans l'air fétide des canots du capitaine Crochet. J'aurais volontiers fait n'importe quoi pour que le capitaine me laisse entrer dans un de ses canots, mais je savais qu'il n'était pas du genre à s'apitoyer. Quand on se lassait de faire la queue devant un foyer, on allait dans une station de métro – souvent King's Cross ou St Pancras – en attendant l'Armée du Salut. Marcher un peu, ça vous évite de tomber d'hypothermie et l'Armée du Salut n'allait pas tarder à arriver pour distribuer des sandwichs et de la soupe. C'était de la bouffe gratos, alors il y avait toujours un attroupement. Une vraie mafia. On se débrouillait pour attraper un biscuit ou un bol de soupe. C'est ainsi qu'on a survécu jusqu'au dégel du mois de février.

Vous vous demandez peut-être pourquoi je n'ai pas cherché à passer des entretiens pendant tout ce temps. Permettez-moi de vous éclairer. Mes vêtements étaient devenus des guenilles, mes ongles étaient noirs et ressemblaient à des griffes ; mes cheveux collants m'arrivaient aux épaules et je puais à trois kilomètres à la ronde. Je voulais travailler, ça c'est sûr – j'aurais même tué quelqu'un pour avoir du boulot – mais je savais que personne ne voudrait de moi. Je ne me serais même pas engagé moi-même !

Le mois de février n'avait rien d'estival mais, au moins, la température ne descendait pas en dessous de zéro et nos pieds étaient au sec. La manche marchait un peu mieux aussi. Pas très bien, mais quand même mieux. Je trouvais que je devenais un vrai gars de la rue, mais je me trompais. J'aurais dû comprendre que c'était Ginger qui me rendait la vie possible. Un jour, je vais vous en parler, je me suis rendu compte de l'importance de Ginger. C'est justement le jour où Ginger a disparu.

Ce jour-là a commencé comme tous les autres. On s'est réveillés sous un porche. Il faisait encore nuit. On a rassemblé toutes nos affaires et on est allés se prendre un café. On n'était pas loin de Camden Station. On a trouvé un café ouvert toute la nuit, le Brazilia, on y est restés pour se réchauffer jusqu'au lever du jour, puis on est partis faire la manche. Bref, ce jour-là Ginger m'a dit :

– Je vais aller retrouver des potes du côté de Holborn, alors je te verrai plus tard, OK ?

J'ai haussé les épaules.

– Ouais, OK.

Je ne savais pas qui étaient ces potes ou quand il avait bien pu prendre ce rendez-vous mais il était clair qu'il ne voulait pas de moi. Je n'avais pas l'intention d'insister. La meilleure façon de perdre un ami c'est de devenir lourdingue, alors j'ai fait comme si de rien n'était. Et pourtant... Ça me faisait mal. Je l'ai accompagné jusqu'au métro et je lui ai souhaité une bonne journée. Il a souri et a hoché la tête. Il s'est fondu dans la masse des voyageurs et je ne l'ai plus jamais revu.

J'ai passé la journée à faire la manche dans High Street. Il faisait un temps froid, venteux, mais sec. Je n'arrêtais pas de penser à Ginger et à ce qu'il pouvait bien faire avec ses copains. Pourquoi ne voulait-il pas de moi ? Est-ce qu'il dealait ? Du crack ? Du hasch ? De l'ecstasy ? Peut-être qu'il sortait avec une duchesse – une riche héritière ou une fille comme ça – et qu'il était en train de se siffler du champagne en arrachant les pinces d'un homard. Je n'étais pas très inquiet. Pas encore. Il lui était déjà arrivé de partir et de revenir dans la journée. Enfin, j'aurais été content de le voir rappliquer.

Il y a une horloge au-dessus de la station de métro. Je la regardais chaque fois que je passais. A 17 h 30, j'ai cessé d'aller et venir. Certains commerçants commençaient à fermer boutique, alors je me suis assis dans l'une des entrées pour surveiller la bouche de métro. Je n'avais aucune idée de l'heure à laquelle il comptait revenir – dans plusieurs heures peut-être – mais de toute façon j'avais mal aux pieds et il fallait que je m'assoie quelque part. Je pouvais toujours voir l'horloge, alors j'y jetais un coup d'œil de temps à autre. C'est incroyable comme le temps peut passer lentement.

Au bout d'un moment, je me suis assoupi. Je crois bien avoir dormi un bon moment. Lorsque le froid m'a réveillé, il était déjà onze heures et la station de métro avait fermé ses portes. Je n'avais aucun moyen de savoir si Ginger était revenu ou non. J'ai inspecté les planques habituelles mais il ne se trouvait dans aucune d'elles. Je n'osais pas passer la nuit tout seul, alors je suis allé trouver le capitaine Crochet en rassemblant toute la monnaie que j'avais sur moi, jusqu'au dernier penny. J'étais à l'abri mais, ce soir-là, je n'ai pas fait de beaux rêves.

Rapport d'activité, jour 11

Gamin Moqueur I. C'était le nom de code de la mission. Une opération que j'ai méticuleusement préparée et rondement menée. Il est temps de faire un de-briefing. A l'armée, toute opération se conclut par un de-briefing où chacun fait le récit détaillé des faits. C'est comme une enquête, pardonnez-moi l'expression.

Tout d'abord, je dois saluer mon intelligence suprême. Une opération ne peut être réussie que si elle sort d'un esprit sain. Mon esprit est un parfait exemple d'équilibre.

Je vous fiche mon billet qu'il est sain! J'ai commencé par apprendre leurs noms. Ça a l'air élémentaire, mais c'était un point crucial. Sans leurs noms, je ne serais arrivé à rien.

Qu'ai-je fait? C'est très simple. Les meilleures tactiques sont toujours les plus simples. Je leur ai collé au train jusqu'à ce qu'ils se séparent. Vous vous souvenez, n'est-ce pas, qu'une victime doit toujours être seule.

Voilà donc qu'un de mes merles moqueurs – Ginger – prend le métro à Camden Station. L'autre clodo – qui se fait appeler Link (Putois lui conviendrait sans doute mieux) – s'est mis à faire la manche dans High Street. J'ai quitté l'endroit en me disant que ma victime ne serait pas de retour avant une heure ou deux. A mon retour, j'ai traîné dans le coin, à regarder les boutiques et à siroter du thé. L'autre type, Link, continuait de faire la manche. Tandis qu'il allait et venait je prenais soin de me tenir à l'écart – je ne voulais pas me faire remarquer.

L'attente a été plus longue que prévu. Je me disais aussi que ça n'allait peut-être servir à rien, parce que Link n'avait toujours pas décampé.

Il commençait à faire nuit. A chaque instant je me disais qu'il allait partir, mais il ne partait pas. Il a fini par s'asseoir dans une entrée de boutique qui donnait sur la bouche de métro. Parfait, me suis-je dit, il doit attendre son compère. Merci du tuyau mon petit crétin. J'étais quand même sur le point d'abandonner quand je me suis aperçu qu'il s'était endormi. Quelques minutes plus tard, l'autre s'est pointé. Il était temps que je me mette à l'ouvrage.

J'ai l'air sympathique avec ma panoplie de bon Samaritain. J'ai traversé la rue à la hâte et je l'ai attrapé par le bras, l'œil inquiet.

– Excuse-moi, serais-tu Ginger, par hasard?

– A qui ai-je l'honneur? a-t-il rétorqué.

Il voyait bien que j'avais l'air catastrophé mais il se méfiait quand même.

– Peu importe, lui ai-je répondu. Tu es l'ami de Link, n'est-ce pas?

Il a froncé les sourcils.

– C'est quoi cette histoire? Y a quelque chose qui cloche?

J'ai fait oui de la tête et je l'ai tiré par la manche.

– C'est à propos de Link. Un accident. Il a foncé droit devant moi. Je ne pouvais rien faire…

Il s'est mis à hurler.

– Tu veux dire que tu l'as tué? Il est mort?

Il m'a empoigné par le bras.

– T'as tué mon pote, espèce de bâtard?

– Non, non, ai-je dit en secouant la tête. Il n'est pas mort. Il ne l'était pas quand je l'ai quitté, mais il est quand même gravement blessé. Il te réclamait.

– Où ça, où est-il? Il est à l'hôpital?

– Non, chez moi. Il est chez moi, ça s'est passé juste devant ma porte.

– Il est blessé et tu l'as emmené chez toi?

Il m'a fixé, l'œil mauvais.

– Pourquoi ne pas avoir appelé une ambulance, espèce de crétin? Il est peut-être en train de crever, il faut que je le voie.

J'avais été formidable. Voilà que ce gamin, à qui on ne la faisait pas, se laissait berner et me suivait comme un bambin de trois ans. Bien entendu, lorsque nous sommes arrivés, tout était prêt. J'avais tout arrangé pour qu'on pense que quelqu'un était allongé sous les draps. J'avais même fait une tache de sang en tailladant un foie de porc. Il est tombé dans le panneau – touché coulé. Il a couru vers le lit, en me suppliant d'appeler une ambulance. Je l'ai achevé juste au moment où il tirait les draps.

Voilà pour le Gamin Moqueur I. Une opération parfaite. Je n'ai pas perdu trop de temps à me féliciter. J'ai mis un peu d'ordre dans l'appartement puis j'ai pensé qu'il était temps de lancer la seconde opération, Gamin Moqueur II. J'avais prévu de lui faire le même cirque, mais à l'envers cette fois. Mais lorsque je suis retourné à High Street, Link le Putois avait disparu. J'ai scruté les environs mais je n'ai rien trouvé.

Et alors ? C'est pas grave, pas vrai ? On a toute la vie devant soi ! A moins, bien sûr, de s'appeler Ginger.

Le jour suivant était un vendredi. Je l'ai passé à chercher Ginger. J'ai fait la manche aussi, il le fallait sinon j'allais mourir de faim. Il ne s'est manifesté à aucun moment. Ça y est, me disais-je, c'est arrivé. Il est revenu à ses amis d'avant – c'est ce que je craignais. J'ai quand même gardé, au fond de moi, un peu d'espoir. Quand quelqu'un vous manque, vous avez l'impression de le voir partout. C'est comme cette dame, Mme Chambers, qui était notre voisine quand j'étais môme. Elle avait perdu son mari quand elle avait cinquante ans et elle n'arrêtait pas de le voir partout, dans la rue ou au supermarché. Il lui arrivait de sauter hors d'un bus ou d'abandonner un chariot, pour poursuivre quelqu'un qui n'était évidemment pas son mari.

C'est exactement ce qui m'est arrivé. Il me suffisait d'apercevoir quelqu'un devant une boutique – quelqu'un qui ressemblait à Ginger – pour me rendre compte au dernier moment que j'étais en train d'interpeller un inconnu.

A la tombée de la nuit, il s'est mis à pleuvoir ; je suis allé m'abriter sous un porche dans Pratt Street. Je regardais les gens entrer et sortir d'un resto de luxe, de l'autre côté de la rue. D'habitude l'odeur de bouffe me fait grimper aux arbres mais là, ça ne me faisait ni chaud ni froid. J'entendais une petite voix qui me serinait « Ginger, Ginger ». J'avais l'impression de devenir fou. Je me disais qu'il était peut-être à l'hôpital, dans le coma, et que personne n'était capable de l'identifier. Peut-être était-il à ma recherche ? Peut-être était-il amnésique ?

Pour finir, histoire de m'occuper, j'ai traîné du côté de la station de métro. Il y avait là un type qui vendait des journaux. Comme je l'avais déjà vu avant, je me suis adressé à lui.

– T'étais dans les parages, hier soir ?

– Ouaip, a-t-il dit en me regardant. Pourquoi ?

– Je... je cherche quelqu'un. Mon copain. On s'était donné rendez-vous ici, hier soir. Vous ne l'avez pas vu par hasard ?

Il a haussé les épaules.

– Hier soir, des gens, j'en ai vu plein. A quoi il ressemble ton copain ?

– Plutôt grand, roux, un peu plus vieux que moi. Il s'appelle Ginger.

– Hmm... Il se peut bien que je l'aie vu. Y avait un type comme ça hier soir. Je m'en souviens parce qu'il a causé avec un autre gars, un vieux mec. Ils gueulaient. Ils disaient des trucs à propos d'un hôpital. Ils sont partis ensemble, d'ailleurs.

– Où sont-ils allés ?

– Qu'est-ce que j'en sais moi ? Je faisais pas très attention, il se peut bien que ce ne soit pas lui.

– Non. (J'ai hésité.) Dis, tu pourrais me rendre un service ?

– Ça dépend.

– Si tu le revois, tu pourras lui dire que Link le cherche ?

– Ah ! justement, il a parlé de Link. Le vieux gars. Il disait que Link avait eu un accident ou un truc comme ça.

– Mais, Link, c'est moi. Je n'ai pas eu d'accident ! Tu es sûr qu'il a dit ça ?

– Ouais, je crois bien. L'autre type là, il était un peu hystérique, il n'arrêtait pas de tirer ton copain par le bras, en gueulant.

– Et tu ne sais vraiment pas par où ils sont partis ?

– Non, désolé, mon pote.

Je n'ai pas fermé l'œil de la nuit. Des pensées tourbillonnaient dans ma tête et j'étais affamé. Il y avait plein de voitures garées dans Pratt Street. Des gens passaient, discutaient, rigolaient, claquaient des portières ou démarraient leurs voitures. J'étais bien content de voir le jour se lever.

J'ai bu un café dans un rade de nuit et j'y suis resté jusqu'à l'ouverture du marché. Je faisais comme si tout allait bien, comme si j'allais simplement me laver... en fait, j'y allais surtout pour retrouver Ginger. Il n'y était pas. En sortant des toilettes, j'ai repéré la fille que j'avais rencontrée l'autre jour avec Ginger. Elle était seule. J'ai dévalé les escaliers. Elle regardait des chapeaux. J'ai touché son bras et lui ai dit bonjour. Elle m'a répondu mais je voyais bien qu'elle ne se souvenait pas de moi.

– Link, lui ai-je dit pour lui rafraîchir la mémoire. J'étais avec Ginger, l'autre jour.

– Ah ! oui. Mais où est-il ?

– J'espérais justement que tu saurais où le trouver.

Elle a secoué la tête.

– Je ne l'ai pas vu depuis jeudi.

– Moi non plus. C'est avec toi qu'il avait rendez-vous à Holborn ?

– Il y avait moi, Tim et Ricky – les deux mecs que t'as vus. On se donne souvent rendez-vous au Macklin Street Centre. Il n'est pas revenu ?

– Je n'en sais rien.

Je lui ai raconté ce que m'avait dit le vendeur de journaux de la station de métro.

Elle a secoué la tête.

– Ginger ne connaît personne à part le capitaine Crochet.

Elle a froncé les sourcils.

– Accident, hôpital ? Tu es sûr que ce type n'a pas essayé de t'embobiner ?

– Certain.

Elle n'avait pas l'air dans son assiette.

– Zar-bi, a-t-elle dit pour finir.

– Je suis inquiet, euh... pardon, je ne connais pas ton nom.

– Toya, a-t-elle répondu en souriant. Enfin, c'est comme ça qu'on m'appelle.

– Je suis inquiet, Toya. J'ai cherché partout. Je ne sais plus quoi faire.

– Il n'y a rien à faire, Link. Les mecs comme Ginger vont et viennent, tu sais ? Vis ta vie. Il a peut-être trouvé du boulot.

– Hmm... J'ai baissé la tête en essayant de me débarrasser d'une peau de banane accrochée à mes baskets. Si tu le vois, tu pourras lui dire que je le cherche ?

Elle a fait oui de la tête.

– Bien sûr, je lui dirai. En attendant, essaye de ne plus y penser, d'accord ?

J'avais assez d'argent pour payer deux cafés et je voulais lui en offrir un. Elle est partie trop vite, sans même me dire au revoir, et je me suis dit... voilà le secret. Ne s'attacher à personne. Ne dépendre de personne. On finit toujours par vous laisser tomber. J'ai décidé de partir en me disant que, dorénavant, je n'allais plus penser qu'à moi. A moi et moi seul. Cette bonne résolution a duré quatre minutes.

J'étais au café. Le même que la dernière fois. J'essayais de ne plus chercher Ginger, mais je scrutais quand même la salle. Il y avait une table vide. J'ai pris un café et suis allé m'asseoir.

C'était le nouveau moi. C'est ce que je me disais à ce moment-là. Je n'ai besoin de personne. Solitaire et débrouillard, pas vrai ?

J'ai pris racine. Il faisait bon, comparé à l'extérieur. J'avais bu la moitié de mon café quand elle est entrée.

C'était une sans-abri, ça c'était sûr. Mais c'était quand même la plus belle fille que j'aie jamais vue. J'ai d'abord remarqué ses cheveux. Une chevelure couleur noisette, qui jaillissait comme des flammes de son béret vert. Ses yeux, aussi, étaient splendides – larges, foncés et éclatants comme si elle avait passé une bonne nuit de douze heures. Elle portait un ciré dégueulasse, un jean boueux, des baskets trouées et pourtant quelle beauté, quelle classe !

Elle n'a regardé personne en traversant le café mais tout le monde la regardait.

Je n'arrivais pas à la quitter des yeux. Elle a pris un Coca et a cherché une place pour s'asseoir. Ses yeux – ces yeux superbes – ont croisé les miens. J'ai souri. « Laisse tomber, me disais-je. T'as aucune chance, un clodo comme toi avec une fille pareille… »

Je me trompais. Elle est venue vers moi. Tout le monde, dans la salle, la suivait des yeux. Elle a regardé dans la direction d'une des chaises inoccupées et m'a demandé s'il y avait quelqu'un à cette place. Elle avait un accent écossais. J'ai fait non de la tête.

– Ça t'ennuie que je m'assoie ?

J'ai fait un autre signe de la tête, sans dire un mot. C'était mon nouveau genre. Elle s'est débarrassée de son sac à dos, l'a posé à côté du mien et s'est assise. J'ai soulevé mon *mug* pour prendre une gorgée de café tiédasse, les yeux rivés à la fenêtre. Je me la jouais à fond, c'était incroyable mais vrai – ouais, je me la jouais. En réalité, mon cœur battait si fort que je l'entendais. Je faisais un effort surhumain pour ne pas la dévorer des yeux.

Elle a glissé une paille dans son Coca. Quand j'ai osé lui adresser un regard, elle a baissé les yeux. J'ai pris une autre gorgée de café et je sentais qu'elle me regardait. Comme si j'étais frappé par un rayon laser. Au bout d'un moment, elle m'a demandé :

– Ça fait longtemps que tu es à Londres ?

J'ai opiné du chef, sans la regarder.

– Combien de temps ?

– Un an, un an et demi.

C'était un mensonge, bien sûr. De toute façon, je pouvais dire n'importe quoi. Dans cinq minutes, cette fille allait disparaître pour toujours.

– Eh bien, s'est-elle exclamée, impressionnée. T'as dû rouler ta bosse !

J'ai haussé les épaules.

– Pas mal.

J'étais du genre laconique.

– Comment tu t'appelles ?

– Link.

– Link ? (Elle a bu encore un peu de Coca.) C'est le surnom de quoi, ça ?

– C'est le surnom de rien du tout. J'ai un autre prénom mais je veux qu'on m'appelle Link.

– Désolée. (Elle avait l'air sincèrement désolée.) Moi c'est Gail.

– Salut Gail, tu débarques, non ?

– Ouaip.

– Tu débarques d'où ? Ne me le dis pas si tu n'en as pas envie.

– Glasgow.

– Ha, Ha. Alors ? Scène de ménage ?

– Ouaip, mon beau-père.

– Ah ! Inutile d'en dire plus.

Elle m'a regardé.

– Pourquoi ? Toi aussi ?

Ah ! Mon nouveau genre n'avait pas duré bien longtemps. J'étais censé ne laisser personne s'approcher de moi et voilà que je racontais ma vie à la première fille venue, simplement parce qu'elle avait de beaux cheveux et des yeux laser.

J'ai sifflé mon café et poussé ma chaise en arrière.

– Faut que j'y aille.

– Pourquoi ?

Elle avait l'air accablée. J'ai haussé les épaules.

– Des trucs à faire.

Je me suis levé. Ça me faisait mal de faire ça, mais je n'avais pas l'intention de l'attendre un jour devant une bouche de métro.

– Ne pars pas.

Ça, c'était simple et direct. Une sensation étrange m'a envahi. J'ai hésité un moment en balançant mon sac.

– Qu'est-ce que tu me veux, Gail ? lui ai-je demandé.

Ses yeux ne quittaient plus les miens.

– J'ai peur, Link, a-t-elle murmuré. Je ne sais pas quoi faire, j'ai peur de la rue.

– Tu apprendras, Gail. C'est tout.

Une voix à l'intérieur de moi me disait que j'étais quand même gonflé de lui balancer ça. Moi qui avais été si dépendant de Ginger. J'ai remarqué, à ce propos, que c'était la première fois que je repensais à Ginger depuis mon entrée au café. J'ai compris qu'elle était le remède dont j'avais besoin. Peut-être bien qu'on avait besoin l'un de l'autre. J'ai laissé tomber mon sac et me suis assis.

Rapport d'activité, jour 12

Link le Putois est amoureux, et ma deuxième mission se présente mal.

Hier – vendredi – j'ai fait une grosse erreur. Une grossière erreur, comme Hitler envahissant la Russie. Si je m'étais concentré sur Link, je l'aurais eu sans problème. Au lieu de ça, je suis parti acheter des godasses. Des bottes militaires.

Pas pour moi, bien sûr. Oh ! Non. Les longues marches sont derrière moi maintenant. C'était pour ma petite armée de cadavres. Je les ai baptisés les Soldats Couchés de Camden. Il me fallait quatre paires, de quatre pointures différentes. J'ai trouvé le tout à Bethnal Green.

Ça ne leur allait pas très bien, mais qu'importe. Mes petits soldats n'allaient pas gambader dans les champs, alors une pointure de plus ou une pointure de moins... L'essentiel c'est qu'elles brillent, et d'ailleurs, elles brillent.

Hier, j'ai manqué ma chance. Quand je me suis mis au boulot ce matin, je l'ai croisé dans un café. Il venait de faire la connaissance d'une pouffiasse. Ils sont même partis ensemble. Il va falloir que je fignole une nouvelle tactique. Ça, c'est le genre de truc que je sais faire.

Gail et moi, on a parlé et parlé. Elle m'a payé un autre café. On avait complètement oublié le monde qui nous entourait. C'était incroyable.

Quand on est sans abri et affamé on se sent en dehors de tout. Les petites choses ordinaires vous deviennent étrangères. Vous savez de quoi je veux parler – avoir un boulot, rencontrer des amis, faire des économies pour s'acheter un vélo. On ne s'achète plus de CD, on ne se fait plus couper les cheveux, on ne va plus chez le dentiste, on ne fait plus de lèche-vitrine... Tout ça, c'est fini. C'est comme ça. Toutes ces choses sont hors de portée. On appartient à une autre espèce et le plus dur, c'est justement de faire une croix sur les filles. Vous voyez, normalement, quand on voit une fille passer, on lui fait un petit sourire ou bien on lui lance une petite phrase. On lui dit trois mots, quoi. Ça ne mange pas de pain et souvent, ça ne mène nulle part, mais c'est ça, la vie. C'est ça être jeune et insouciant – si vous voyez ce que je veux dire. Une fois sur cent, peut-être, le poisson mordra à l'hameçon et vous vivrez une histoire qui durera ce qu'elle durera. L'essentiel, c'est que vous êtes dans la course ! Pas vrai ? Comme tous les autres garçons. Ou comme toutes les autres filles. Mais si vous vivez dans la rue, vous n'êtes pas à la hauteur, évidemment. Comment voulez-vous draguer une fille quand vous êtes en guenilles, que vous tirez une tronche de trois kilomètres, que vos chicots sont en vrac et qu'elle sait très bien que vous n'avez même pas de quoi lui payer un café ?

Non seulement ça ne marchera jamais, mais en plus elle ne vous rendra même pas votre sourire. Au mieux, elle vous regardera de travers en prenant le large. Pareil si vous êtes une fille. Vous finissez par croire que vous êtes une sorte de monstre qui vit en marge des gens normaux.

Voilà pourquoi je ne comprenais pas comment je pouvais être assis dans un café, à discuter avec une fille sublime. Pour la première fois depuis plusieurs mois, je ne me sentais plus comme une créature de foire. J'étais un jeune homme comme les autres, qui faisait la connaissance d'une jeune femme. J'en oubliais mes guenilles, mes cheveux sales et mon cafard. J'en oubliais le froid, les porches, la dureté du monde et le fait que je n'avais pas de quoi l'inviter au cinéma. J'étais un mec, c'était une fille et il se pouvait bien que j'en tombe amoureux. Je ne pensais plus qu'à ça. Je n'ai même pas remarqué qu'on avait quitté le café jusqu'au moment où nous nous sommes retrouvés adossés contre un mur sous un faible rayon de soleil. Je la tenais par la main tandis que les passants nous regardaient avec horreur, comme si on commettait un crime affreux. C'était le début d'un grand bonheur et j'étais bien content de ne pas savoir prédire l'avenir.

Alors nous voilà adossés contre un mur et elle me propose :

– Allons acheter des chips et partons les manger au bord de l'eau.

Il faisait doux pour un jour de février. Le seul problème c'est que je n'avais pas un rond.

– J'en ai, moi, a-t-elle dit.

– Ouais, mais fais gaffe. Tu ne vas pas devenir millionnaire en faisant la manche.

– Mais j'ai plein d'argent, je te dis.

– Tu vas pas le garder longtemps si tu continues à diffuser la nouvelle sur les ondes ! (Je lui ai souri.) Qui te dit que je ne vais pas te le faucher ?

– T'as qu'à essayer. T'auras quelque chose en plus à quoi tu t'attends pas vraiment.

Elle a acheté des chips et on est partis les manger au bord de l'eau.

– Pourquoi tu dors dans la rue si t'as de l'argent ? Tu pourrais te payer un endroit correct.

Elle a haussé les épaules.

– T'as bien dit qu'il fallait que ça dure, non ? Et puis de toute façon, je suis avec toi maintenant, je n'ai plus besoin de rien.

Ça me semblait à la fois raisonnable et flatteur. J'étais donc d'accord avec sa théorie. J'aurais dû faire un pas de plus mais quand on tombe vraiment amoureux on reste discret, n'est-ce pas ? On a mangé et parlé. Elle avait l'air fascinée par ce qu'elle appelait le Théâtre – c'est comme ça qu'elle appelait la vie des rues. Elle me posait un milliard de questions et je m'appliquais à y répondre.

Je n'avais pas le choix depuis que je m'étais livré à elle corps et âme. Pour tout dire, je regrettais de lui avoir menti. Ce n'était pas à cause des questions mais plutôt parce que j'étais amoureux d'elle. C'est assez drôle, d'ailleurs, quand on sait ce qui s'est passé ensuite.

Ce jour-là, je n'ai pas fait la manche. Elle non plus. On s'est baladés au marché en regardant les conneries à vendre et les abrutis qui les achetaient.

On s'est pris des Cocas et on a encore mangé. Je n'avais même pas faim ! Je ne crois pas avoir pensé à Ginger, sauf quand je lui en ai parlé. Ça montre bien les effets de l'amour. La journée s'est écoulée sans le moindre incident.

Je lui avais parlé du capitaine Crochet. A la tombée de la nuit, j'étais sur le point de l'y emmener mais, premièrement, je ne voulais pas me faire entretenir, et deuxièmement, je ne voulais pas passer ma première nuit avec elle au milieu d'une foule puante. Je voulais Gail pour moi tout seul. Je l'ai donc emmenée sous un de mes porches préférés et nous y avons passé la nuit.

Il ne s'est rien passé. Désolé de vous décevoir, mais c'est la vérité. La malnutrition peut-être, ou les beaux-pères. Qui sait ? On voulait simplement dormir dans les bras l'un de l'autre – et c'est exactement ce qu'on a fait. Si vous pensez que ça n'a rien de passionnant, détrompez-vous.

Dimanche, elle a voulu essayer de faire la manche. On a pris le métro à Charing Cross. Je me souvenais de ma première leçon devant la National Gallery, pendant que Ginger mendiait sur la place. On a refait exactement la même chose. Je ne voulais pas la laisser seule, même si je pouvais la voir de là où j'étais. Il faisait froid ce matin-là, mais au moins il ne pleuvait pas. En faisant le tour des bancs publics, des images me venaient sans cesse à l'esprit. Je me voyais traverser la place, après quelques heures, pour m'apercevoir que Gail avait disparu. Je me voyais inquiet, stressé. Je courais dans des rues que je ne reconnaissais pas en criant son nom. J'essayais de convaincre des policiers qui ne voulaient rien entendre. Je me voyais assis à l'attendre éternellement devant Camden Station. Je ne voulais pas y penser en me disant que c'était Gail qui avait insisté pour qu'on reste ensemble. J'essayais de me dire qu'il n'y avait pas de raison qu'elle disparaisse d'une minute à l'autre. Je n'y arrivais pas. Je crois bien que j'étais hanté par la disparition inattendue de Ginger. Bref, avec tout ça dans la tête, je n'ai pas tendu la main très longtemps. Les pigeons s'en tiraient mieux que moi – ils se ramassaient des belles miettes de pain et des poignées de graines de maïs tandis que moi, on m'envoyait balader systématiquement. Si jamais un jour je devais revenir à Londres, ce serait sous la forme d'un pigeon. J'ai traîné une demi-heure et ensuite je suis revenu sur mes pas.

Elle n'était pas là. Ni en haut des marches, ni sur le trottoir. La panique m'a saisi. J'ai monté les marches quatre à quatre. Personne. J'ai inspecté l'allée devant le musée puis j'ai couru dans St Martin's Place. A peine avais-je fait quelques mètres que je la vis sortir d'une cabine téléphonique. J'étais tellement soulagé que je ne me suis même pas demandé, sur le moment, à qui elle pouvait bien parler.

Quand je lui ai posé la question, plus tard, elle m'a répondu qu'elle avait appelé sa sœur.

– Ma sœur est à Glasgow. Elle m'a fait promettre de garder le contact.

Ça semblait plausible. J'ai ajouté :

– Moi aussi j'ai une sœur, Carole, mais je ne l'appelle jamais. J'aime les coupures nettes. Tu vois ?

– Hmm… C'est que je lui ai promis…

– Je ne te reproche rien, tu sais ?

– Je sais, a-t-elle dit en me serrant la main.

Je lui ai souri.

– Alors, combien t'as gagné ?

Elle a haussé les épaules.

– J'en sais rien, j'ai pas encore compté.

Elle a enfoncé ses mains dans ses poches et en a sorti deux poignées de pièces.

– Deux livres et trente pence. Elle a remis le tout dans sa poche. Et toi ?

– Douze pence. Quand je pense que je suis censé être l'expert…

– La chance des débutants ou peut-être que c'est parce que je suis une fille ?

Elle m'a fixé et m'a dit :

– De toute façon, à partir de maintenant, on partage tout, d'accord ?

Depuis ce temps-là, on a tout partagé. C'était formidable. Les jours passaient, le temps s'envolait. Je ne sentais même plus le froid. Au moment où tout a basculé, le printemps était déjà arrivé.

Rapport d'activité, jour 13

Ne pensez pas que j'ai passé mes journées à ne rien faire, simplement parce que Link le Putois m'a glissé entre les doigts. Jetez plutôt un œil sous mon plancher et vous verrez que j'ai continué à nettoyer mon pays de toute cette racaille puante.

J'ai sept recrues à présent. Sept! Je sais que j'en ai fait des tonnes quand j'ai atteint le chiffre trois, en vous disant à quel point c'était un chiffre symbolique. Mais sept... Sept, c'est un chiffre mystique! Tout ce que je sais, c'est que pas mal de choses vont souvent par sept. Les sept péchés capitaux, le septième fils du septième fils, les sept jours de la semaine et, bien sûr, le célébrissime Clan des Sept.

J'ai même recruté un Noir, pour prouver qu'il n'y a pas de racisme chez les Soldats Couchés de Camden. Ça permet aussi de casser la répétition. Vous savez, le piège fatal de la répétition dont je vous ai déjà parlé.

Je vois d'ici un détective qui se prend pour une lumière, en train de bâtir une théorie, en train de faire un lien entre toutes les victimes de race blanche... voilà sa théorie qui s'effondre. Il n'y a pas de répétition, pas de schéma et pas de théorie.

Chacune de mes opérations est un exemple de réussite et d'intelligence. Ça, ils ne le comprendront jamais.

C'est qu'ils ont de la classe mes petits gars ! Des bottes cirées et les cheveux bien courts ! Si vous pensez que c'est à cause des bottes qu'on va m'épingler, vous vous mettez un doigt dans l'œil. Je ne vais jamais les acheter au même endroit. Je vais à trois endroits différents. Comptez sur moi, j'en trouverai d'autres s'il le faut. On ne la fait pas à un vieux renard comme Refuge.

Les affaires reprennent. Les volontaires gonflent les rangs. Personne ne les a jamais forcés à me suivre. Comme tous les volontaires, ils s'engagent pour ne plus avoir faim et pour avoir un toit au-dessus de leur tête. Chez moi, ils obtiennent les deux. Aucun de mes soldats n'a faim, chacun d'eux a un toit, ou un plancher, au-dessus de sa tête. Parfois je me dis qu'ils sont trop gâtés.

Où en étais-je ? Ah ! oui. Le printemps.

La vie avec Gail était magique. Comme je vous l'ai dit, j'en avais oublié le froid, et la manche était devenue un jeu – une course à qui ramasserait le plus d'argent. On n'y risquait pas sa peau. On prenait ça à la légère.

Je ne lui en voulais pas quand elle gagnait – je dois avouer que Gail gagnait souvent.

Il faut dire que cette situation présentait quand même quelques inconvénients.

Déjà, je commençais à devenir très jaloux. Possessif. Je ne supportais pas de la laisser seule. Elle était si belle que j'avais peur qu'un autre type – avec un boulot, une maison et une belle voiture – vienne me la faucher. Je pensais que c'était couru d'avance. J'avais vraiment envie de trouver un travail pour pouvoir la loger dans un foyer convenable. J'avais toujours voulu un travail, mais là, c'était devenu une obsession. Le pire, c'est que je savais que c'était peine perdue. Personne n'aurait accepté de me donner une chance avec la tête que j'avais – ça ne m'empêchait pas d'espérer ou d'essayer. J'ai vraiment tout essayé. J'ai hanté l'Agence pour l'emploi, j'ai écrit des lettres sur du papier volé, j'ai acheté des timbres qui m'ont ruiné... J'ai même fini par passer deux entretiens, mais ça n'a rien donné. C'est qu'ils connaissent toutes les combines.

Quand ils s'aperçoivent que vous leur donnez l'adresse d'une agence de travail temporaire, ils comprennent tout de suite que vous n'habitez nulle part. Ils en déduisent que vous n'avez pas travaillé depuis longtemps – peut-être même jamais, mais ça, ils se fichent de le savoir. Ils ont tellement de candidats que rien ne les oblige à engager un clochard. Je crois que je ferais la même chose si j'étais à leur place.

C'était une véritable torture parce qu'à chaque fois que j'allais prospecter il fallait que je laisse Gail toute seule. Ça me rendait malade. C'est peut-être pour ça que je n'ai jamais décroché un boulot. Ils devaient bien voir que j'étais vraiment ailleurs. En tout cas, on était déjà en avril et ma situation n'avait pas changé. Gail était toujours avec moi. Ça me surprenait chaque fois que j'y pensais. Elle avait l'air de ne manquer de rien. J'ai fini par penser que c'était ça, l'amour.

Un samedi – chaud et ensoleillé – on était assis près d'un débarcadère, en face de notre repaire, du côté de Pullit. Alors qu'on se dorait au soleil, un homme d'âge moyen s'est approché de nous.

– Excusez-moi, a-t-il dit. Peut-être pouvez-vous me renseigner ?

J'ai cru un instant qu'il était perdu et qu'il voulait des indications.

– Je suis à la recherche de ma fille et je pensais que vous pouviez peut-être m'aider. Son nom est Tanya. C'est elle.

Il nous a tendu sa photo. Gail a regardé la photo et a secoué la tête. Quand elle me l'a tendue, j'ai tout de suite reconnu Toya. J'ai hoché la tête.

– Je l'ai vue deux fois.

– Où ça ? (Le type a failli me sauter au cou.) Tu l'as vue où ? Et quand ?

Je lui ai dit que c'était du côté de Camden Lock. Je lui ai précisé que je ne l'avais pas vue depuis un certain temps.

– Tu lui as parlé ? Est-ce qu'elle t'a dit où elle habitait ?

J'ai fait non de la tête.

– Elle dormait dans la rue mais je ne sais pas dans quel coin.

– Elle était avec quelqu'un ? Un homme plus vieux qu'elle ?

– Non, la première fois, elle était avec deux garçons de son âge. La deuxième fois, elle était seule.

Je l'ai regardé.

– Pourquoi serait-elle avec un homme plus âgé ?

Il a secoué la tête. Alors qu'il parlait, je sentais bien qu'il se retenait de pleurer.

– Je ne sais pas, répondit-il, j'ai parlé à un type hier soir dans une petite cabine jaune. Il m'a dit avoir aperçu ma fille, il y a une semaine. Elle suivait un monsieur qui habitait au rez-de-chaussée de son immeuble. Il devait avoir quarante ans.

– Il vous a donné l'adresse ? Vous êtes allé là-bas ? Je savais que son indic' n'était autre que le capitaine Crochet.

– Oui, a-t-il dit, j'y suis allé hier soir mais quand j'ai sonné, je n'ai pas eu de réponse.

– Le type dans la cabine jaune, est-ce qu'il connaissait l'homme qui était avec votre fille ?

– Non, il n'avait pas l'air de le connaître.

– Vous avez essayé la police ?

– Non, je les ai avertis il y a plusieurs mois, quand Tanya a fait sa fugue. Ils ne voulaient rien savoir. Elle a dix-sept ans, voyez-vous. Elle a le droit de partir. (Il étouffa un sanglot.) Sa mère a le cœur brisé.

« Pauvres idiots, me disais-je. Voilà des parents qui poussent leurs enfants vers la porte et qui pensent qu'ils les retrouveront en traînant dans les rues de Londres, une photo à la main. Ça n'arrivera jamais, mais ça me ferait quand même plaisir qu'on fasse la même chose pour moi. »

– Écoutez, lui ai-je proposé. On va chercher votre fille. Si on la trouve, on lui dira que vous la cherchez. On lui dira de vous appeler chez vous, d'accord ?

Il était si ému qu'il a failli me serrer dans ses bras.

– Dieu te bénisse, dit-il en me glissant un billet de cinq livres dans la main. Dieu vous bénisse tous les deux.

Il a déguerpi en rangeant sa photo et tous ses faux espoirs. Gail et moi l'avons regardé partir. On faisait semblant de ne pas remarquer que nous étions, tous les deux, au bord des larmes.

Rapport d'activité, jour 14

Quelqu'un a sonné à ma porte. Il devait être 22 h. Je n'étais pas inquiet. Quand on a la situation bien en main, on n'a pas de raison de s'inquiéter. Un petit coup d'œil à travers la fente du rideau m'a appris qu'il s'agissait d'un type de quarante-cinq ans, court sur pattes. Il faisait trop sombre pour que je puisse voir son visage, mais sa manière de s'agiter et d'autres détails m'ont fait penser qu'il valait mieux que je reste immobile. Je n'allume jamais de lumière forte quand la nuit tombe. Ma table de nuit est pourvue d'une ampoule de soixante watts. De l'extérieur, à cause des rideaux, on n'y voit que du feu. Je le sais parce que j'ai déjà vérifié. Je vérifie tout. C'est ma règle d'or. J'ai donc fait l'autruche et attendu qu'il parte. Il a sonné encore deux coups, puis il s'est éloigné. Je ne sais ni qui il était ni ce qu'il me voulait mais mon instinct me disait qu'il était peut-être lié à l'un de mes soldats. Mon instinct ne me trompe jamais. Il va falloir que je sois prudent ces jours-ci.

Ça, pour être prudent, je vais être prudent !

On ne pensait presque plus à Toya mais, un jour, on a croisé Nick. Je m'étais convaincu que le capitaine Crochet avait dû confondre et que, de toute façon, les gens comme nous apparaissaient et disparaissaient sans arrêt. Il m'avait fallu encore moins de temps pour oublier Toya que pour oublier Ginger. Je me demande ce qui se serait passé si je n'avais pas croisé Nick ce jour-là.

Nick, c'est le vendeur de journaux de Camden Station, mais on l'a croisé ailleurs, sous le pont, dans High Street. Je venais de taper une livre à un Ricain quand il s'est approché de moi.

– Je suis bien content de te voir. Il se passe des choses étranges.

– Laisse-moi deviner. Le Premier ministre te propose une chambre au 10, Downing Street ?

– Mais non, écoute. Tu sais, l'autre jour, quand tu cherchais un de tes copains ?

– Ouais, Ginger.

– Ce jour-là, je t'ai dit que je l'avais vu partir avec un type plus âgé.

– Oui. Un type plus âgé. J'ai déjà entendu ça quelque part.

– Eh bien, ce matin, il y a un type qui est venu me montrer la photo de sa fille, en me demandant si je l'avais pas vue.

J'ai hoché la tête.

– On l'a vu aussi. Et puis ?

– C'est tout. Il se trouve que je l'ai vue, moi, sa fille. Elle quittait la gare avec le même mec que ton pote Ginger.

Je l'ai regardé.

– Tu veux dire qu'ils suivent ce type et qu'après ils...

– ... Ils disparaissent ! poursuivit Nick. C'est louche, pas vrai ?

– Tu l'as dit au type avec la photo ?

– Bien sûr que oui. Il m'a même dit que quelqu'un d'autre avait vu la gamine entrer avec ce type dans un immeuble.

– Oui, c'est le capitaine Crochet qui lui a dit que ce type habitait là-bas. Le père de Toya est allé sonner à sa porte mais personne n'est venu ouvrir. Est-ce que tu lui as dit d'aller voir les flics ?

– Non ! Ça ne servirait à rien. Tout ce qu'ils vous disent c'est que les sans-abri ne tiennent pas en place. Il n'y a pas de preuves, tu vois ?

– Rien de très concret.

– Oui, mais…

– Je sais. Il se peut bien que ce soit un meurtre. Un double meurtre.

– Mais c'est qu'une hypothèse, mon pote.

– Alors, on fait quoi ?

Nick a haussé les épaules.

– Je connais sa tête, et le bon vieux capitaine a son adresse. Je propose qu'on l'observe pendant quelques jours – histoire de mieux le connaître. S'il est ce qu'on croit qu'il est, il va bien commettre une bourde ! Et là, on prévient les flics.

– Et si, entre-temps, ça lui prenait d'emmener quelqu'un d'autre chez lui ? On va quand même pas le surveiller vingt-quatre heures sur vingt-quatre.

J'ai regardé Gail.

– Qu'est-ce que t'en penses, Gail ?

– Je… je ne sais pas, Link. Écoute, je dois aller passer un coup de fil. Ma sœur, tu comprends ? On n'a qu'à se retrouver en face du Brazilia dans dix minutes et on reparlera de tout ça, d'accord ?

On l'a suivie des yeux alors qu'elle traversait la rue et Nick m'a dit en souriant :

– Ça, c'est ce que j'appelle une fille. On lui explique qu'il y a un tueur qui sillonne les rues et elle, qu'est-ce qu'elle fait ? Elle va appeler sa sœur. Cool. Sacré Link ! Où est-ce que tu vas pêcher des nanas pareilles ?

Il m'a donné un petit coup sur l'épaule et m'a dit :

– Allez, à la revoyure.

L'après-midi était doux, les trottoirs bondés de promeneurs. J'ai marché jusqu'au Brazilia et je me suis adossé contre le mur en fermant les yeux. La chaleur du soleil était bien agréable.

Si j'avais su ce que je sais maintenant, je crois bien que ma journée aurait été fichue.

Quand Gail est revenue, je lui ai dit qu'on ferait bien d'aller voir les flics. J'avais repensé à Ginger. Au genre de type qu'il était. C'était pas le genre de mec à partir sans prévenir. J'avais réussi à m'en convaincre parce que je ne voyais pas d'autre explication, mais maintenant…

– Tu peux y aller si tu veux, a répondu Gail, mais je pense que tu ne vas pas beaucoup les impressionner.

On est allés à Albany Street. Elle avait raison : on ne les a pas bouleversés. En fait, on a passé le plus clair de notre temps à essayer d'atteindre le guichet. Finalement, un détective est arrivé. Détective Ireson. Il nous a emmenés dans une espèce de box. J'ai commencé à lui parler de Ginger mais il m'a interrompu.

– Je dois vous dire que, suite à une déposition, nous avons pris toutes les mesures nécessaires à propos de l'affaire qui vous intéresse. Nous n'avons rien trouvé de suspect et aucune action supplémentaire n'est désormais envisagée.

– Aucune action ? Mais vous lui avez parlé à ce type ? Vous lui avez demandé ce qu'il faisait avec mon ami ou avec Tanya ?

Le détective semblait irrité.

– Nous avons enquêté selon la procédure, a-t-il grommelé. Aucun élément ne nous a incités à poursuivre notre action, l'affaire est officiellement close. Maintenant, si vous voulez bien m'excuser, il faut que je retourne à mon travail.

– Mais qu'est-ce qu'il vous a dit ?

– Bonne journée, monsieur.

Rapport d'activité, jour 15

Ha, ha, ha, ha, ha, ha, ha, ha, ha, ha, ha, ha!

Ça, c'est Refuge qui explose de rire. Rien de surprenant. L'ennemi a tenté une contre-attaque, mais je l'ai repoussé.

Quand ils sont arrivés, je venais de rentrer chez moi, j'avais acheté des bottes et je nourrissais ce putain de chat. Deux officiers ont débarqué dans une Ford Escort. Un homme et une femme. J'ai hésité à ouvrir la porte, puis je me suis dit que ça devait arriver un jour ou l'autre, et qu'il valait mieux affronter l'ennemi. Ne pas se laisser faire. Ne pas se rendre. Jamais.

Ah! j'étais parfait. J'ai caché mes récents achats dans un placard. Sur le seuil de la porte, je leur ai fait un grand sourire et je les ai invités à entrer. Je leur ai même proposé un café – qu'ils ont refusé, bien sûr.

– Que puis-je pour vous? ai-je demandé.

– Nous enquêtons sur une jeune femme. Cette femme.

Ils m'ont tendu une photo.

Ils pensaient que j'allais me décomposer en voyant la photo. Ils me prennent vraiment pour un débile.

– Ah oui, ai-je dit, l'air de rien. Je l'ai déjà rencontrée. Elle est même venue ici, pardi ! Elle est venue, précisément, mardi dernier.

Bien entendu, ils ont voulu savoir pourquoi elle était venue chez moi. C'est là que je leur ai fait mon numéro du petit gars timide et modeste.

– Ah, vous savez, j'ai la chance de m'en sortir pas trop mal. J'ai un peu de sous à la banque et une bonne retraite. Je suis si triste quand je vois ces gamins désespérés et sans abri que de temps à autre je… mon cœur se brise et je leur propose de venir chez moi pour prendre une douche et manger un morceau. Je ne leur propose pas de dormir chez moi parce qu'on ne sait jamais ce qui pourrait arriver pendant la nuit. Je leur demande de partir en leur donnant une livre ou deux. Je sais que c'est idiot, mais après, je me sens mieux.

– Mais monsieur, c'est dangereux, ce que vous faites, a dit l'officier.

– Je sais, monsieur l'officier, mais…

Je leur ai offert de nouveau mon sourire imbécile.

– Alors vous avez nourri la fille et vous lui avez donné de l'argent ?

– C'est ça, oui.

– Lui avez-vous parlé ? Vous a-t-elle dit qu'elle comptait partir ?

J'ai fait non de la tête.

– Ils n'aiment pas trop raconter leur vie, et moi, monsieur l'inspecteur, j'essaie de ne pas être indiscret.

Il n'était pas inspecteur mais je savais que ça le flatterait.

– Oui, bien sûr, répondit « l'inspecteur ». A quelle heure a-t-elle quitté votre domicile ?

– C'était tard dans la soirée. 22 h, 22 h 30. Il pleuvait. (J'ai souri en levant les sourcils.) Ça me fend le cœur de les mettre dehors mais, comme je vous l'ai dit, je ne…

– Oui, bien sûr, a poursuivi « l'inspecteur ». Et elle ne vous a pas dit où elle allait ?

– Non, ai-je répondu en prenant un air inquiet. J'espère qu'il ne lui est rien arrivé de grave, inspecteur. C'était une fille charmante, vraiment charmante.

– Oui, monsieur, et d'une famille comme il faut, a-t-il ajouté.

Ils se sont dirigés vers la porte.

– Nous n'allons pas vous retenir plus longtemps, monsieur. Merci pour votre aide. Et soyez prudent la prochaine fois. Vous prenez de sacrés risques, vous savez.

– Oui, je sais, inspecteur. Je serai prudent.

Je me tenais à la porte avec mon foutu chat dans

les bras. Je les ai laissés s'éloigner, puis je leur ai couru après.

– Vous me donnerez de ses nouvelles dès que vous la retrouverez, n'est-ce pas ?

– Mais bien sûr, monsieur, a répondu l'officier. Bonne nuit, monsieur.

– Bonne nuit, inspecteur.

Ha, ha, ha, ha, ha, ha, ha, ha, ha, ha, ha, ha !

– Et maintenant ? On fait quoi ?

On arpentait Parkway. Le soleil se couchait. Gail a haussé les épaules.

– On n'a qu'à faire ce qu'a dit Nick. Surveiller le type jusqu'à ce qu'il flanche.

– Je pense qu'on devrait prévenir les autres – leur dire de ne pas suivre n'importe qui.

– Hmm, tu sais bien qu'ils ne sont pas si bêtes. Il vaudrait mieux leur donner une description du type.

J'ai acquiescé.

– Lundi, on demandera à Nick de nous le montrer.

– Et pourquoi pas demain ? a demandé Gail.

J'ai secoué la tête.

– Nick ne sera pas là. Il vit, je ne sais où, dans un squat.

– On pourrait essayer de reconnaître ce type nous-mêmes, a suggéré Gail. On pourrait demander son adresse au capitaine Crochet.

J'ai eu un rire moqueur.

– Le capitaine Crochet habite la même adresse. Il va penser qu'on veut le cambrioler !

Elle a ri aussi.

– Je pense qu'il voudra bien me donner l'adresse si j'y vais seule. Toi, tu resteras ici pour garder mes affaires.

Je l'ai attendue sur le pont du canal. La nuit tombait et il commençait à faire un peu frisquet. Je tremblais. Je ne tremblais pas uniquement à cause du froid. Je pensais à Ginger et à Tanya, qui se faisait appeler Toya. Je pensais à son père qui m'avait dit « Dieu vous bénisse », en me glissant un billet de cinq livres dans la main.

Je pensais aussi à Gail – qui avait changé ma vie en bien – mais là, comme chaque fois que je pensais à elle, je me sentais envahi par un sentiment de malaise.

« Une sacrée nana », disait Nick. C'était pas tout à fait ça. C'est vrai, elle était cool, mais il n'y avait pas que ça. Elle était très posée et avait une maîtrise d'elle-même peu courante chez les sans-abri. Je sais que ça peut sembler étrange, mais je la trouvais trop à l'aise. Je savais qu'il y avait quelque chose qui clochait en elle mais... je préférais ne pas me l'avouer. Je voulais que ce rêve dure le plus longtemps possible. Je ne voulais pas ouvrir les yeux.

Au bout de quelques minutes, elle est revenue, le sourire aux lèvres.

– 9, Mornington Place, a-t-elle dit en chantonnant de satisfaction.

Alors qu'elle prenait son sac à dos, j'ai hoché la tête sans rien dire. Ensuite, on s'est enfoncés dans High Street. C'était un immeuble de trois étages, au milieu d'une rangée de maisons de style victorien. Il y avait un jardinet minable occupé par trois poubelles énormes. Pas de portail. Un petit chemin reliait l'entrée à une porte blanche. On ne voyait aucune lumière aux fenêtres.

– On dirait qu'il n'y a personne, dit Gail.

On était debout, de l'autre côté de la rue, à l'ombre d'un platane.

– Restons un peu, lui ai-je dit.

Cet endroit me donnait la chair de poule.

J'ai recommencé à me faire un film. Je voyais la silhouette de Ginger marcher vers la petite porte blanche. Où étais-je quand ça s'était produit? Pourquoi Ginger l'aurait-il suivi? Ginger, Toya et les autres... pourquoi?

Gail avait une montre. On a attendu trois quarts d'heure. On n'a vu personne entrer ou sortir. Une femme, d'un immeuble voisin, n'arrêtait pas d'aller à sa fenêtre. J'étais sûr qu'elle nous observait. Quand on est sans abri, c'est pas très malin de zoner dans des quartiers résidentiels, surtout à la tombée de la nuit. Il se pouvait bien que la dame d'à côté appelle les flics.

– Allez viens, on se tire, ai-je dit à Gail. On recommencera demain.

On est revenus le dimanche et on s'est postés sous le platane sur le coup de huit heures et demie du matin. Le temps était sec, mais il faisait frisquet. Le soleil était encore caché derrière les immeubles. Tous les rideaux du 9, Mornington Place étaient tirés. Je rêvais que Gail et moi étions dans l'un de ces appartements, couchés tranquillement dans un bon lit, faisant la grasse matinée, préparant des œufs au bacon pour le petit déjeuner, avec des toasts, du café, confortablement assis dans une cuisine agréable... Le paradis. Quand je pense que des millions de personnes trouvent ça normal !

Notre homme, si c'était bien notre homme, n'était pas un lève-tard. Un peu avant neuf heures, la porte s'est entrouverte. On a vu jaillir une main qui lançait un chat noir et blanc. On a vu la même main atteindre une bouteille de lait, posée sur le seuil de la porte, puis la porte s'est refermée. Une minute plus tard, quelqu'un a tiré les rideaux d'une fenêtre au rez-de-chaussée. Gail et moi sommes allés marcher sur le trottoir. On est restés au coin de la rue pour mieux observer ce qui se passait. Au bout d'une dizaine de minutes, un homme est sorti, fermant la porte derrière lui. Il portait un gros pull et un pantalon de velours côtelé. Il avait des cheveux poivre et sel, très courts. Alors qu'il sortait dans l'allée, le chat, qui était assis sur un muret, a bondi en prenant la fuite. L'homme a tourné à gauche dans la rue.

– Que veux-tu faire ? m'a demandé Gail. Le suivre ?

– Mais non ! Il ne doit pas aller bien loin. Il n'est pas habillé pour. Il a dû sortir acheter le journal.

J'avais raison. Il est revenu cinq minutes après, avec un paquet de journaux sous le bras. Il s'est engagé dans l'entrée de son immeuble sans nous remarquer.

– Tu penses que c'est lui, notre homme ?

– En tout cas, c'est pas le capitaine Crochet. En plus, il habite au rez-de-chaussée... Moi je dis : c'est notre homme !

– Mais il a l'air si ordinaire...

– Il se peut aussi qu'il le soit. On n'en sait rien. Souviens-toi que la police n'a rien trouvé de suspect.

– On sait quand même qu'il a été vu parlant à Ginger et à Toya. Après ça, ils ont tous les deux disparu. Je ferais n'importe quoi pour aller fouiller sa baraque.

Gail a hoché la tête.

– Moi aussi ! Mais tout ce que nous pouvons faire, c'est observer.

Le chat est revenu et s'est roulé en boule là où il y avait la bouteille de lait. Les rideaux des étages supérieurs étaient toujours tirés. Vers 9 h 30, quand on a changé de place, on s'est aperçus qu'ils étaient ouverts.

Le soleil avait maintenant dépassé le sommet des immeubles et la rue était baignée de lumière. On déambulait pour éviter d'être repérés. Il est d'ailleurs difficile d'aller et venir dans une rue aussi étroite sans attirer l'attention. C'était d'un ennui mortel. Notre homme n'avait pas l'air de vouloir sortir. Vers 10 h 30, nous décidâmes de mettre les voiles et de revenir plus tard dans la soirée. Le chat était toujours allongé sur les marches lorsque nous sommes partis.

C'est ce chat qui me rendait perplexe. On peut en penser ce qu'on veut, mais il y a quelque chose de rassurant chez les chats. Imaginez, par exemple, un type en train de jouer avec son chat en lui faisant des câlins et des papouilles. Vous n'allez pas vous dire, tiens, voilà un type dangereux ! Vous n'êtes pas d'accord ? Vous vous diriez plutôt qu'il s'agit d'un type gentil, voire un peu bêbête. Je me trompais et ça m'a valu bien des peines, plus tard, dans la soirée. Mais il vaudrait mieux que je reprenne tout depuis le début.

D'abord, il y a eu la pluie. La matinée avait été splendide, mais vers midi, le temps s'est couvert et il s'est mis à pleuvoir. Gail et moi faisions la manche dans High Street quand la pluie a commencé à tomber. On s'est abrités sous le métro aérien et on a continué à mendier. La pluie n'avait pas l'air de déranger les passants. Ils étaient tous au marché comme à leur habitude et d'ailleurs, on s'en est bien sortis. Mais... c'est à cause de la pluie que Gail et moi nous nous sommes disputés.

On ne s'était jamais disputés, Gail et moi. On avait toujours été d'accord sur tout et tout se passait très bien. A la tombée de la nuit de ce sombre dimanche, j'ai proposé à Gail de retourner à Mornington Place pour continuer notre guet.

– Sans moi, a-t-elle dit. Pas avec ça !

– De quoi tu parles ? Où veux-tu en venir ?

– Je parle de la pluie, idiot. Je ne vais pas rester plantée sous la pluie à attendre un abruti qui va sans doute finir par rester chez lui, au sec !

– Mais on avait dit qu'on y retournait cette nuit, ai-je insisté.

Il ne pleuvait pas encore.

– En plus, j'ai plein de trucs à faire.

– Comme quoi ? Appeler ta sœur, par exemple ? Encore ? On serait pas morts de faim si tu ne claquais pas autant de fric pour téléphoner.

– C'est mon fric et j'en fais ce que je veux. D'ailleurs, je ne vais pas appeler ma sœur. J'ai d'autres choses à faire.

– Et je parie que ça ne me regarde pas ?

– Exactement !

– Alors, tire-toi. Va faire tes trucs à la con, mais ne va pas croire que je vais rester là à t'attendre comme un petit chien. Si tu me cherches, tu me trouveras à Mornington Place.

Et voilà comment je me suis retrouvé seul à Mornington Place, quand ce chat m'a joué un sale tour.

J'étais un guetteur minable. Je me sentais vraiment minable. Encore plus mal que le jour où Ginger avait disparu. Je me suis abrité sous un des arbres trempés. Les arbres n'avaient même pas de feuilles pour retenir la pluie.

Je pensais à Gail. Je ne voulais pas qu'on se dispute. Je l'aimais vraiment mais j'avais passé toute la journée à penser à Ginger, à Toya et à cette fichue adresse.

J'avais vu un film une fois, *10 Rellington Place*, qui racontait l'histoire d'un assassin complètement fou qui attirait des femmes chez lui pour les tuer. C'était une histoire vraie. Le titre du film, *10 Rellington Place*, avait quelque chose de spécial et je me disais que 9, Mornington Place lui ressemblait un peu trop.

J'étais persuadé que des choses bizarres s'étaient produites dans cet immeuble et j'étais bien décidé à les découvrir.

Je ne sais pas quelle heure il était quand la porte s'est ouverte. J'avais perdu la notion du temps. J'étais si trempé et frigorifié que j'avais décidé de remballer mes affaires pour aller me réconcilier avec Gail. Soudain, je l'ai vu apparaître sur le pas de la porte. Le même homme que nous observions depuis ce matin, cet homme ordinaire avec son velours côtelé et ses journaux du dimanche. Je voyais sa silhouette se découper en contre-jour.

Il appelait doucement : « Sappho, Sappho, petit, petit, petit ! » Je me suis tenu tranquille, caché derrière les platanes. Manifestement, il appelait un chat. Sans doute celui qu'on avait vu ce matin. L'animal ne s'est pas montré. Après avoir attendu, le type est rentré chez lui, laissant la porte ouverte.

J'observais ce mince filet de lumière quand il sortit de nouveau, tenant une gamelle à la main. Il s'est assis sur les marches et a posé l'assiette par terre. « Sappho, Sappho », a-t-il chantonné en donnant des coups de cuiller ou de fourchette sur le rebord. « Allez, viens Sappho, miam, miam. » Il était en bras de chemise et devait avoir froid, mais il insistait. Il appelait et appelait encore, mais le chat ne répondait pas. Il s'est levé et a dévalé les quelques marches en se dirigeant vers l'allée, sa fourchette à la main. Il jetait des coups d'œil à gauche et à droite tout en appelant son chat. Pendant ce temps-là je pensais. C'est lui le monstre ? C'est lui le *serial killer* ? Un type à peine couvert qui appelle son chat sous la pluie ? Non... pas possible.

C'est à cet instant précis qu'il m'a repéré.

Je savais qu'il m'avait vu, mais ça ne m'inquiétait pas – pourquoi aurais-je eu peur d'un type qui cherchait son chaton ? J'étais plutôt gêné. J'étais très gêné parce qu'il était évident que je le guettais. Je commençais à m'éloigner quand il m'a interpellé.

– Pardon...

J'ai tourné la tête.

– Moi ?

– Oui, vous. Vous n'auriez pas vu un chat, par hasard ? Un petit chat noir et blanc ?

J'ai secoué la tête.

– Comme c'est triste ! C'est qu'elle déteste la pluie. Vraiment, elle ne la supporte pas. J'étais sûr qu'elle serait sur les marches, comme tous les soirs, à l'heure du dîner. J'espère que rien ne lui est...

Il a fondu en larmes et m'a regardé.

– Oh, je suis désolé. Je suis sincèrement désolé. Je suis là à me lamenter sur mon chat alors que vous êtes trempé jusqu'à l'os. Je suis vraiment dés... Vous n'avez nulle part où aller, n'est-ce pas ?

J'ai hoché la tête.

– C'est terrible. Terrible.

Il était là, à me regarder en jouant avec sa fourchette. Visiblement, il ne savait pas quoi dire.

– Bon, j'y vais, ai-je dit.

– Bien, marmonna-t-il en continuant à me fixer.

Alors que je m'éloignais, il m'a interpellé de nouveau.

– Vous n'avez pas faim ?

– Non, ça va.

Je me suis mis de nouveau en marche et j'aurais été tiré d'affaire si ce fichu chat n'avait pas fait son apparition sous le lampadaire.

– Sappho !

L'animal a couru vers lui. Il l'a pris dans ses bras et l'a câliné. Tandis qu'il berçait son chat comme un bébé, la pluie tombait de plus belle. Un vrai gâteux, ce type-là.

J'ai tourné les talons.

– Jeune homme ! a-t-il dit.

– Hein ?

– Je peux vous offrir quelque chose à grignoter quand même, ou peut-être un peu d'argent ?

Il avait l'air soucieux de faire quelque chose pour moi mais craignait visiblement de me froisser.

– J'ai un manteau, un bon manteau dont je ne me sers plus. Je peux vous le donner si vous voulez bien.

Je n'avais pas faim mais il faisait froid et l'idée d'un manteau ne me déplaisait pas.

– Va pour le manteau, lui ai-je dit.

Il a souri et a trottiné jusqu'à sa porte en serrant son chat. Je l'ai suivi. Ce fut aussi simple que ça.

A l'intérieur, il y avait une entrée peu profonde qui donnait sur un escalier. Sur la droite, une porte. Le type a poussé la porte de sa main libre et s'est effacé pour me laisser passer.

– Entrez, je suis à vous dans une minute.

La pièce était nickel et sentait la cire. Elle était si bien rangée que je me suis demandé si elle était vraiment habitée. Des rideaux épais cachaient une baie vitrée. La seule lumière venait d'une petite lampe posée sur une table basse.

Je suis resté dans l'entrée à l'attendre, tandis que mes vêtements trempés dégoulinaient sur son tapis sans tache. J'imagine qu'il avait emmené Sappho à la cuisine. Au bout d'un moment, il s'est adressé à moi.

– Dites, ça vous dérangerait de me donner la gamelle du chat ? Elle est sur la marche.

– Pas du tout.

– Vraiment, ça ne vous dérange pas ? Il a ri. Un jour, je crois bien que je vais oublier ma tête.

Je suis allé chercher la gamelle qui contenait du mou. Quand je suis allé le retrouver dans la cuisine, il tenait son chat roulé dans une serviette rose.

– Merci, a-t-il dit. Merci beaucoup. Posez ça n'importe où. Je vais aller chercher le manteau dans une minute.

Je suis retourné dans l'autre pièce en me rendant bien compte que je laissais des traces partout où j'allais. Tous mes doutes sur cette maison se sont dissipés en un rien de temps. Ce type avait l'air obsédé par deux choses dans la vie : l'ordre, et son chat. En regardant tout autour, je ne pouvais pas m'empêcher de sourire. Il y avait des coussins bien rebondis, des tableaux accrochés bien droit, des surfaces propres... Chaque chose était à sa place. Cet endroit était habité par ce que mon grand-père appelait une Bernadette – il disait ça des hommes qui se promènent chez eux en tablier ou qu'on voit dans leur jardin en train d'accrocher leur linge fraîchement lavé. Je ne me faisais plus aucun souci – jusqu'au moment ou j'ai reconnu ma montre, posée sur une étagère. C'était bien la mienne. Celle que j'avais dû donner de force à l'autre balèze, il y avait de ça un million d'années. Je l'aurais reconnue entre mille, c'était bien ma montre. Ça m'a fait un choc. Je me suis approché pour en avoir le cœur net et tout d'un coup j'ai poussé un cri en entendant une porte claquer.

Il était sorti de la cuisine sans que je m'en rende compte. Il a traversé la pièce. Il se tenait debout devant la porte et me souriait d'une façon étrange, différente de tout à l'heure. Il a regardé dans la direction de l'étagère en disant :

– Ça, c'était bien maladroit de ma part.

Il a eu un rire narquois.

– Mais c'est pas grave, pas vrai ?

Il m'a regardé en murmurant :

– Link, Link le Putois, le Gamin Moqueur II, te voilà enfin. Alors, qu'est-ce qui t'arrive, petit merle moqueur ? T'as perdu ta langue ? (Il a éclaté de rire en regardant la cuisine.) Dis donc Sappho, t'as bouffé la langue du p'tit ?

Je le regardais fixement. J'étais paralysé d'horreur. Nick, Gail et moi, on avait raison. C'était bien lui, notre homme. Il suffisait de regarder ses yeux pour comprendre qu'il était complètement malade. Il était fêlé, mais il m'avait piégé comme les autres, comme Toya, Ginger et...

– Ah oui, fit-il. Il avait lu mes pensées. J'ai aussi attrapé un grand baraqué de six pieds de haut. Il est sagement allongé avec les autres. Il a beaucoup d'avenir, celui-là. Beaucoup de potentiel. Tu veux le voir ?

– Non, ai-je crié. (Je me tenais raide contre l'étagère.) Je veux rentrer chez moi ! Laissez-moi partir !

Il a éclaté de rire de nouveau en secouant sa tête de tondu.

– Oh non, mon p'tit gars, c'est fini ça. Fini la maison. Ça fait un bout de temps que j't'attends. Tu vas maintenant t'engager dans l'armée des Soldats Couchés de Camden. Allez, viens rencontrer tes petits camarades.

– Laissez-moi partir !

Je savais que ça ne servait à rien mais mon cerveau était complètement bloqué sur ces trois mots. Il s'était agenouillé pour soulever le tapis. J'essayais d'estimer la distance qui me séparait de la fenêtre. Si seulement je pouvais l'atteindre pour casser un carreau, ensuite je pourrais...

– Allez viens, p'tit. Viens jeter un œil.

Il avait roulé le tapis, et arraché trois ou quatre planches de son parquet.

– Je vais allumer le plafonnier pour que tu puisses bien les voir.

Alors qu'il se dirigeait vers l'interrupteur, j'ai bondi vers la fenêtre. La lumière était allumée. J'ai saisi les rideaux pendant qu'il me traitait de tous les noms en se jetant sur moi. J'ai enroulé un des rideaux autour de mon bras et me suis laissé tomber par terre. Les coutures ont craqué et les rails ont cédé. On s'est retrouvés tous les deux par terre avec les rideaux sur la tête. Je me suis dégagé rapidement en sanglotant. J'ai saisi mon sac pour le balancer violemment contre la vitre, mais elle s'est craquelée sans se briser complètement. Je n'ai pas pu recommencer une deuxième fois car il s'était déjà jeté sur moi comme un dément.

Il avait une force anormale. La force des fous. J'en avais déjà entendu parler, mais je ne savais pas ce que ça voulait dire. Je n'étais pas si petit que ça, lui était certes plus vieux que moi, mais quand même... Je n'arrivais pas à me dégager. Je me débattais et je donnais des coups de pied, mais il n'y avait rien à faire. Ses deux bras m'encerclaient comme des anneaux d'acier. Il m'a soulevé comme il l'aurait fait avec son chat. Il a traversé la pièce et m'a jeté au sol. Il s'est laissé tomber sur moi, comme le font les catcheurs. J'étais cuit. J'étais allongé sur le ventre et ma tête pendait au-dessus d'une fosse. Il y avait une espèce de courant d'air à l'odeur sucrée. Au bout d'un moment mes yeux se sont adaptés à la pénombre et je les ai vus.

Ils étaient sept, alignés comme des sardines. Il leur avait fait quelque chose à la tête – elles étaient toutes comme la sienne. J'ai quand même reconnu Ginger grâce à ses vêtements. Son visage était... méconnaissable. J'ai failli vomir. J'ai hurlé :

– Lâchez-moi ! Je vais gerber !

– T'as qu'à gerber, soldat. C'est toi qui vas y rester, pas moi !

Il riait aux éclats.

J'ai vomi dans le tas de poussière immonde et il a ri de nouveau.

– Vas-y, lâche-toi, rugissait-il. Il me pressait de tout son poids et j'arrivais à peine à respirer.

Je voyais des formes noires s'agiter devant mes yeux. J'étais en train de tomber dans les pommes.

– Lâchez-moi, je vais m'évanouir !

– Mais c'est ça l'idée, mon petit Link, a-t-il murmuré. La parade passe et toi, tu trépasses ! (Il a éclaté de rire.) T'as saisi le jeu de mots ?

Il était en train de me tuer par asphyxie, doucement mais sûrement. J'avais la bouche grande ouverte pour essayer d'avaler un peu d'air.

– Ils savent que je suis ici. Mes amis savent que je suis ici !

Je ne pensais pas qu'il me croirait – il savait qu'on peut dire n'importe quoi quand on est sur le point de claquer. Apparemment, ça lui a quand même fait quelque chose. Il s'est rendu compte que la lumière était allumée, que les rideaux étaient arrachés, et que la vitre était brisée. C'est ce qui m'a sauvé la vie.

Il a proféré des insultes et s'est levé, bouillant de rage. Haletant et suffoquant, je me suis roulé par terre pour me dégager de la crevasse. Je savais que je n'avais que quelques secondes pour réfléchir. La grande lumière s'est éteinte. A la lumière de l'autre petite loupiote, je l'ai vu se diriger vers moi, les dents serrées, tenant entre ses deux poings un câble tendu. J'ai tenté de me lever, mais je ne sentais plus mes jambes. Il s'est penché sur moi et s'apprêtait à m'étrangler, quand j'ai entendu le son d'une sirène.

Quand les policiers l'ont pris, il hurlait comme un fou, ordonnant à son armée de venir se battre. J'étais tellement sonné que je ne comprenais pas ce qui se passait. J'ai jeté un œil dans l'entrée et me suis aperçu qu'ils avaient défoncé deux portes pour venir me libérer. Gail était sur les marches et tentait de se frayer un chemin entre les policiers qui se tenaient à la porte.

En me voyant, elle a crié :

– Link, Dieu soit loué !

Les flics l'ont laissée passer et nous nous sommes jetés dans les bras l'un de l'autre.

Je sais exactement ce que vous pensez. Vous pensez que tout est bien qui finit bien. Pas si vite.

– C'est toi ? ai-je demandé. C'est toi qui as appelé la police ?

Elle a acquiescé.

– Je suis venue à ta recherche, mais je n'ai vu personne. Alors que j'étais sur le point de partir, j'ai vu une lumière s'allumer. Puis, j'ai vu les rideaux tomber pendant que tu te battais avec lui. Je savais que je ne pourrais pas faire grand-chose, alors j'ai couru à Albany Street.

– Mais comment t'as fait pour les convaincre ? Ils n'ont jamais voulu nous croire. Qu'est-ce que tu leur as dit ?

– Link, a-t-elle murmuré.

Je la sentais se raidir dans mes bras. Elle se dégageait doucement.

– Il faut que je te dise quelque chose.

Elle a fini par ne rien me dire du tout. C'était

parfaitement inutile. Quand les flics ont emmené l'autre taré dans un fourgon, deux voitures les ont suivis. C'est là que j'ai vu s'approcher un mec qui avait une vraie face de maquereau. Il portait un appareil photo et tout le bordel. Il a pressé le pas en souriant comme un singe.

– Louise, ma puce, tu es vraiment géniale.

Gail avait mis fin à notre étreinte. J'ai regardé partout pour savoir qui était « Louise ma puce ». Soudain, j'ai compris. Ce type s'adressait à Gail.

Elle avait l'air penaud.

– Link, voici Gavin. Gavin, voici le garçon dont je t'ai parlé.

Gavin m'a tendu une paluche. Je l'ai ignoré et me suis adressé à Gail.

– Et toi, qui es-tu ? ai-je demandé.

Elle a rougi.

– Je suis désolée, Link. Mon nom est Louise Bain. Je suis journaliste. J'ai...

– C'est pas vrai ! Ça fait des mois que tu joues la comédie, n'est-ce pas ? En fait, tu t'en foutais complètement que des gamins se fassent tuer. Tu voulais juste être sur les lieux quand on allait arrêter ce vieux taré !

– Eh ! Calme-toi, m'a dit le photographe. Elle t'a sauvé la vie !

Je l'ai regardé droit dans les yeux.

– Encore un mot et je te fais bouffer ton appareil photo !

Gail secouait la tête.

– Détrompe-toi, Link. Je faisais des recherches sur les sans-abri. Je ne savais rien de cette histoire de meurtre. Rien du tout. Tu dois me croire.

C'était vraiment une conversation de dingues. J'étais tellement triste et furieux que je ne savais plus ce que je disais. Je crois bien avoir demandé à Gavin pourquoi il n'avait pas pris des photos des cadavres pour les vendre aux parents des victimes. Gail était en larmes et moi aussi. Elle s'est levée en me glissant une liasse de billets. Voilà comment ça s'est terminé.

– Bonne chance, Link. (Elle a suffoqué.) Je suis vraiment désolée.

Gavin faisait démarrer sa voiture. Elle est montée avec lui et je me suis retrouvé seul, dans une brume de fumée bleue, à la regarder disparaître.

Oui, je sais bien que j'aurais mieux fait de lui balancer ses billets à la gueule. C'est le genre de truc qu'on verrait à la télé, sauf qu'à la télé on ne couche pas sous les porches.

Enfin, voilà le superbe *happy end* qui m'était réservé.

Bon, après tout, justice est faite. Pas vrai ? J'en suis pas si sûr. Refuge – c'est comme ça qu'il s'appelait (ils ont trouvé chez lui une espèce de carnet de bord) – vit la belle vie. Il a un toit, trois mètres carrés et de la bouffe. Moi, je n'ai rien.

Je ne souhaite qu'une chose. Lorsque Gavin et Gail feront leur article, je souhaite qu'ils n'écrivent que la vérité, et que tout le monde la lise. Les gens ne feront des efforts que s'ils savent ce qui se passe vraiment. Il faut que ça cesse un jour ou l'autre. J'espère au moins que les choses changeront de mon vivant.

Pour l'instant, je ne sais pas encore ce que je vais faire. Je ne peux plus rester dans le coin de Camden, ça c'est clair. Trop de fantômes. J'aurais toujours l'impression de voir passer Gail ou Ginger. Je vais peut-être me rabattre sur l'Embankment ou Covent Garden. Il y a plein de types comme moi à Covent Garden. Bien sûr, je pourrais aussi décider de quitter Londres, pour aller où je veux.

Nous sommes en démocratie, n'est-ce pas ?

Scripto, c'est aussi...

Le Jeu de la Mort
David Almond

La maison des Lointains
Pierre-Marie Beaude

Quand on est mort,
c'est pour toute la vie
Azouz Begag

Tête de moi
Jean-Noël Blanc

Fil de fer, la vie
Jean-Noël Blanc

Junk
Lady
Melvin Burgess

Les Gitans partent
toujours de nuit
Daniella Carmi

Cher inconnu
Berlie Doherty

A la vie à la mort
Paule du Bouchet

Voyage à trois
Deborah Gambetta

Septembre en mire
Yves Hughes

Mamie mémoire
Hervé Jaouen

Un papillon dans la peau
Virginie Lou

Sobibor
Jean Molla

La Vie Blues
Han Nolan

Bye-bye Betty
Maboul à zéro
Jean-Paul Nozière

Mon nez, mon chat,
l'amour et... moi
Le bonheur est au bout
de l'élastique
Entre mes nunga-nungas
mon cœur balance
A plus, Choupi-Trognon...
Louise Rennison

Le feu de Shiva
Suzanne Fisher Staples

La guerre des rêves
Catherine Webb

Avez-vous vu
Zachary Beaver ?
Kimberly Willis Holt

Loi n° 49-956
du 16 juillet 1949
sur les publications
destinées à la jeunesse
P.A.O: Françoise Pham
Imprimé en Italie
par L.E.G.O. S.p.A.
Lavis (TN)
Premier dépôt: septembre 2003
Dépôt légal: novembre 2011
N° d'édition: 239889

ISBN 978-2-07-055631-1